Jean
Loup

D1672017

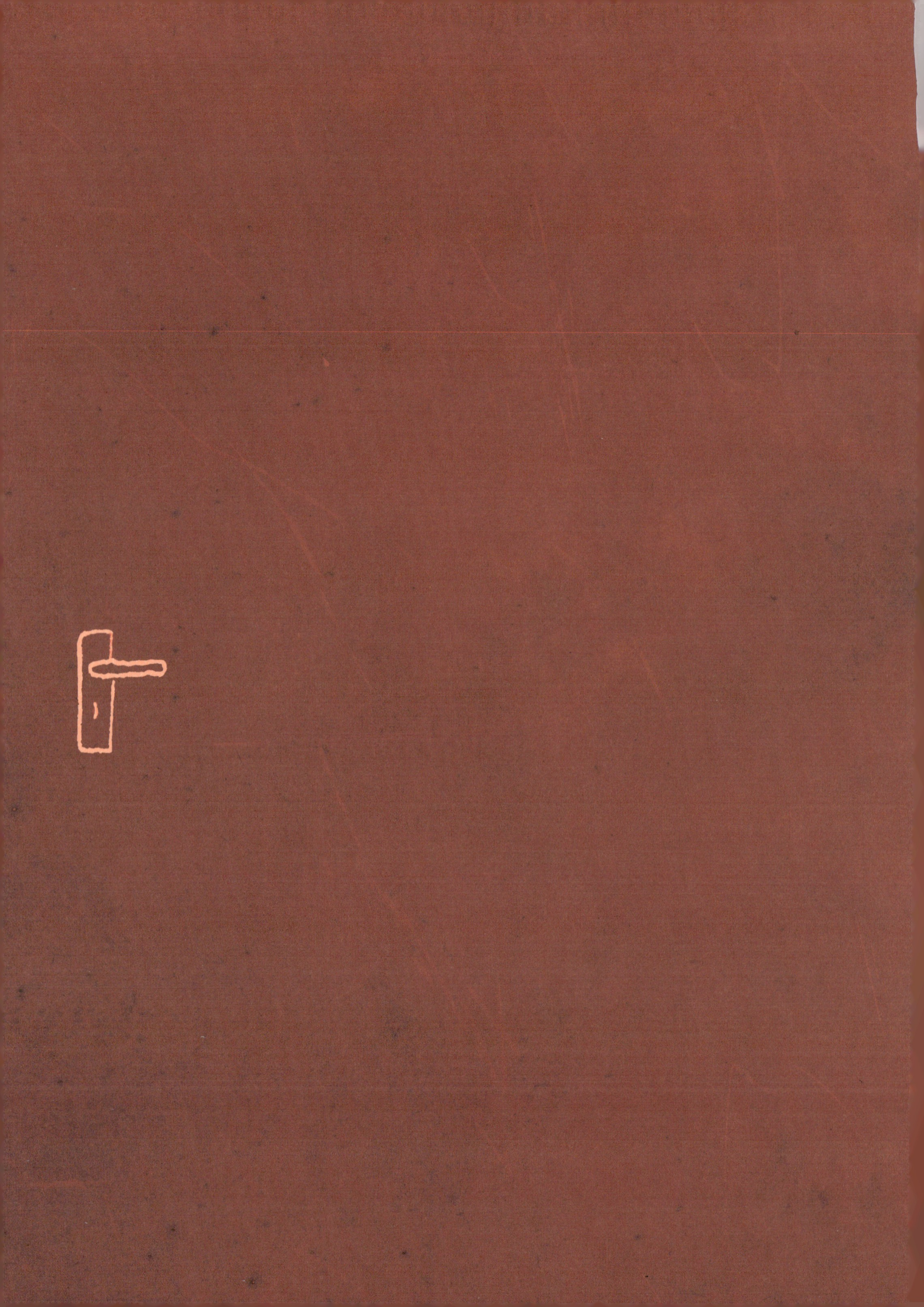

INCROYABLE !

SCÉNARIO
ZABUS

DESSIN ET COULEUR
HIPPOLYTE

DARGAUD

PARIS BARCELONE BRUXELLES HONG KONG LAUSANNE LONDRES MONTREAL NEW YORK SHANGHAI

PROLOGUE

"INCROYABLE!" EST UNE HISTOIRE QUI DÉBUTE À L'AUTOMNE DE L'ANNÉE 1983, À UNE ÉPOQUE PAS SI LOINTAINE OÙ L'ON ÉCOUTAIT DE LA MUSIQUE GRÂCE À DES CASSETTES FICHÉES DANS CE QUE L'ON APPELAIT ALORS DES WALKMANS.

ELLE SE PASSE EN BELGIQUE. AAAH, LA BELGIQUE... PETIT PAYS INCONGRU, ERSATZ DE L'HISTOIRE, ESSENTIELLEMENT CONNU POUR SES FRITES, SES BIÈRES ET SES VIEUX PERSONNAGES DE BD.

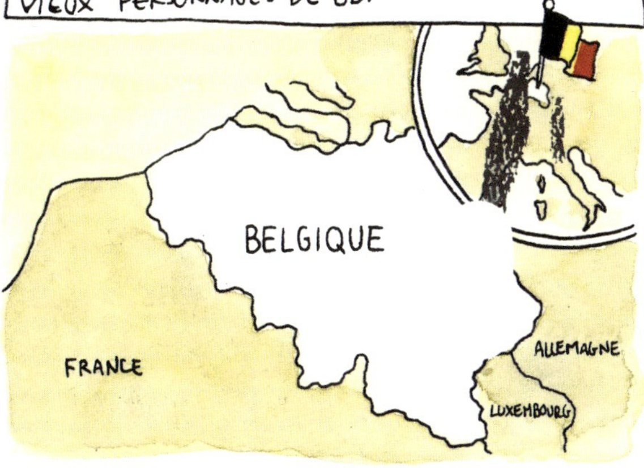

À CHAQUE NOËL, TOUTES LES FAMILLES Y REGARDENT LE ROI PRÉSENTER SES BONS VOEUX À LA TÉLÉVISION DANS LES TROIS LANGUES NATIONALES.

Die Koningin en ik
Die Köningen und ich.

LE DISCOURS A LE DON D'ÉMOUVOIR LES DIX MILLIONS D'HABITANTS DE CE PAYS, DONT LES PLUS FERVENTS SE LÈVENT, L'ÂME CHAVIRÉE, AU MOMENT PRESQUE MYSTIQUE OÙ RETENTIT L'HYMNE NATIONAL: **LA BRABANÇONNE**.

DIX MILLIONS D'HABITANTS QUI, TROIS ANS PLUS TARD, CÉLÉBRERONT, CHACUN DANS LEUR LANGUE MATERNELLE, LA GLOIRE D'UNE ÉQUIPE COMPOSÉE D'INCONNUS MAIS QUI CONTRE TOUTE ATTENTE ACCÉDERA AUX DEMI-FINALES DU MUNDIAL DE MEXICO.

MAIS NE NOUS ÉGARONS PAS.

QUELLE ÉTRANGE IDÉE DE S'ATTARDER AINSI SUR UNE BANANE DANS UN PROLOGUE!

MAIS SACHEZ QUE DANS LES HISTOIRES LES DÉTAILS NE SONT JAMAIS SANS IMPORTANCE.

TCHEKHOV N'A-T-IL PAS DIT :

"QUAND, DANS UNE PIÈCE DE THÉÂTRE, IL Y A UN PISTOLET, IL FAUT QU'IL TIRE AVANT LA FIN..."

"INCROYABLE!" SERA ENFIN ET SURTOUT UNE HISTOIRE AVEC 9 PERSONNAGES, 30 MAJORETTES ET 2000 MANIFESTANTS.

DANS LE RÔLE-TITRE? JEAN-LOUP!

DE PROFIL?

JEAN-LOUP EST UN GAMIN UN PEU BIZARRE QUI, DU HAUT DE SES 11 ANS, S'EST ÉGARÉ QUELQUE PART ENTRE SON ARRÊT DE BUS...

... ET LE COSMOS.

JEAN-LOUP...

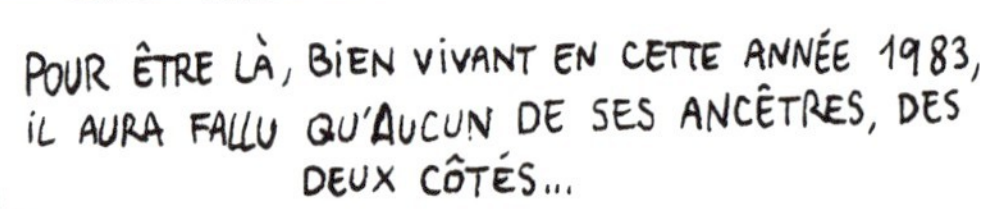
POUR ÊTRE LÀ, BIEN VIVANT EN CETTE ANNÉE 1983, IL AURA FALLU QU'AUCUN DE SES ANCÊTRES, DES DEUX CÔTÉS...

AHAH
!

... ET CE, PENDANT 3,8 MILLIARDS D'ANNÉES...
BIBLIOTHÈQUE

NE SE FASSE ÉCRASER DÉVORER, AFFAMER, APLATIR, ÉGORGER, BLESSER MORTELLEMENT...
EN BREF, NE SE SOIT DÉTOURNÉ DE SA QUÊTE VITALE...

CONSISTANT À DÉVERSER AU BON ENDROIT, AU BON MOMENT...

... UNE PETITE CHARGE DE PATRIMOINE GÉNÉTIQUE DANS LE BON PARTENAIRE !

MAIS À CE MOMENT-CI DE L'HISTOIRE, JEAN-LOUP N'A PAS ENCORE CONSCIENCE DE CETTE RÉALITÉ POURTANT INCROYABLE.

IL ESSAIE SEULEMENT DE TRAVAILLER À LA BIBLIOTHÈQUE DE L'ÉCOLE SAINT-VINCENT, ESPÉRANT QUE LA SONNERIE RETENTISSE RAPIDEMENT POUR QU'IL PUISSE RENTRER À LA MAISON ET ÊTRE ENFIN UN PEU SEUL AVEC LUI-MÊME.

CHAPITRE 1

Fiche 965

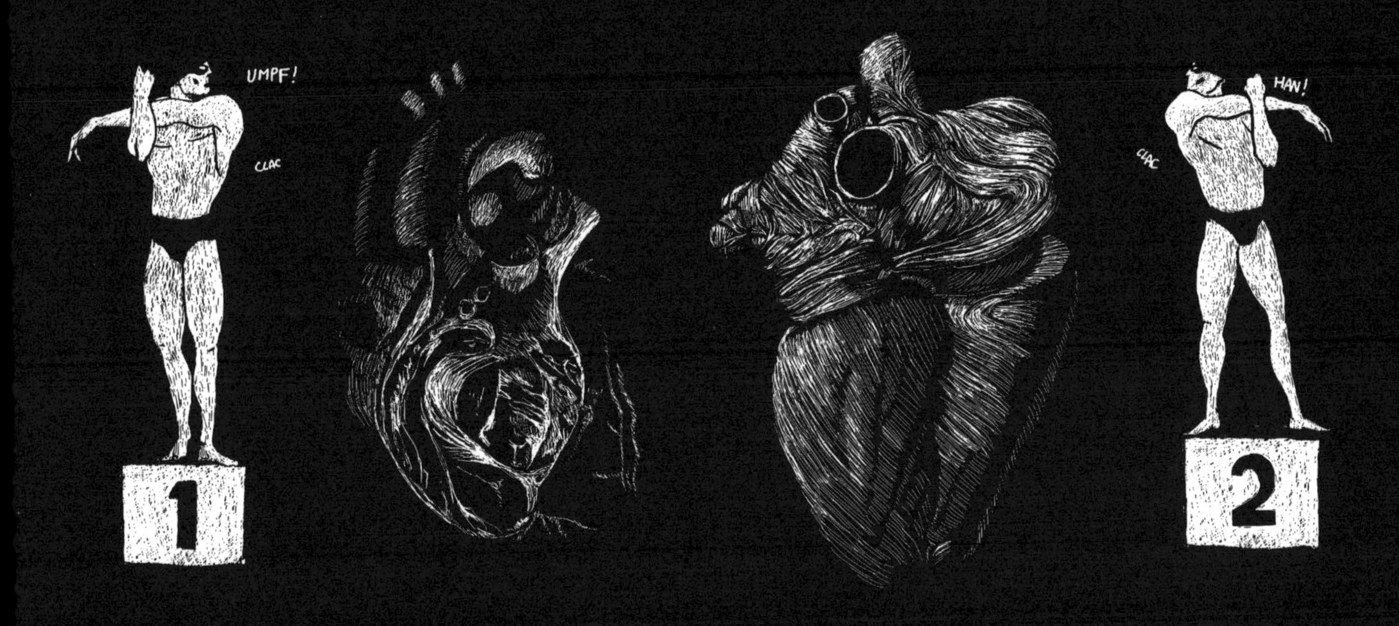

POUR VOUS OXYGÉNER, VOTRE CŒUR DOIT POMPER
DEUX MILLIONS CINQ CENT MILLE LITRES DE SANG PAR AN,
ASSEZ POUR REMPLIR 4 PISCINES OLYMPIQUES.

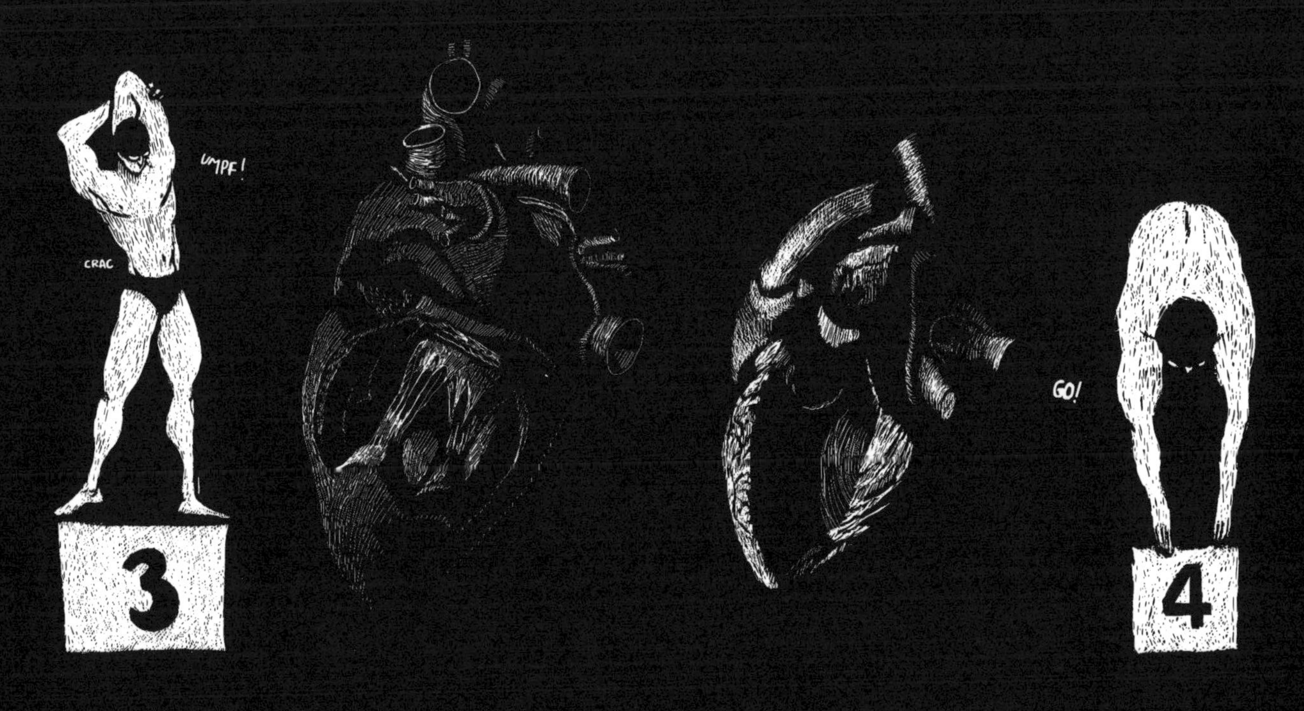

DRiiiiiiiiING!!!
Gratte Gratte

1, 2, 3
TAP TAP TAP

HOP!

CLAC!

1, 2, 3
TAP TAP TAP

16h01, j'ai neuf minutes pour rentrer chez moi...

Ça va aller !

Surtout, ne pas les regarder dans les yeux.

Regarder à quarante-cinq degrés vers le bas et en oblique.

Comme ça!

Ouf!

Mais je vais devoir rentrer à pied!

16 h 02
Ça va aller!
Mais faut pas traîner.

1,2,3
TAP TAP TAP

Alors le bilan...

Aujourd'hui lundi...

Yes!
Enfermé tout seul dans les toilettes dix minutes : 10 points!

Pas touché une seule fois le ballon de basket au cours de gymnastique : 50 points!
HOP!

Faut surtout pas qu'il me voie en train de calculer.

Personne ne peut me voir en train de calculer.

Bon, le bilan...
Pas pensé à maman de toute la journée :
200 points !
Yes !
NON !
Purée, je viens de le faire !
Adieu, les 200 points !
Rue de la Violette.
L'occasion de me rattraper !
Ne pas marcher sur les lignes blanches...
60 points.
HOP !
Yes !
16 h 06.
HOP !
Hé...
Je peux peut-être traverser les yeux fermés !!
Comme ça, je serai certain d'avoir mes 500 points de la journée !
ZOU !
HOP !

Purée ! Le chien du coiffeur !
WOUF !
WOUF !
Oh non, j'ai ouvert les yeux !
WOUF ! WOUF !
Vite ! Rattraper le coup !
Zou !
Les lignes blanches, les yeux fermés et cette fois : sans respirer !
inspiiiire
HOP !
mphh...
Pffff !!!
16 h 09 !
J'ai plus qu'une minute pour rentrer...

Viiite !! Si j'arrive avant la voiture noire, mon compte est bon pour la journée...
HOP!
3
BRRRRRRRRRRRRRRR
HOP!
3

3
HOP!
BLAM!

Ouf... Elle m'a pas eu...

16h10! Yes!
POUF!

"500 points"
"1,2,3..."
ÉTONNANT NON?
ET ENCORE, VOUS N'AVEZ RIEN VU...

Maintenant, dans ma chambre pour écrire quelques fiches !
1, 2, 3
TAP TAP TAP

Ah non. D'abord la table.

HOP!
HOP!
HOP!
HOP!

Papa sera content.
Ou du moins, il ne se fâchera pas.

HOP!

TONK!

Pfiou...
Ça a l'air d'aller...
Jean Loup
Jean Loup
1, 2, 3
TAP
TAP
TAP
ANIMAUX DU MONDE
CLIC!
CLIC!
OCÉAN ATLANTIQUE

Jean
Loup

JEAN-LOUP EST UN ENFANT QUI ADORE LES FICHES. IL RECHERCHE, RÉCOLTE, COMPULSE DES INFOS SUR TOUT ET SUR RIEN (SURTOUT SUR TOUT), ET LES TRANSCRIT SUR DES PETITES FICHES.
IL A À CE JOUR 1500 FICHES. SUR TOUS LES SUJETS.

Non.

Ou alors on échaie d'écrire un nouveau dichcours pour Noël ?
La reine et moi...

Non.

Pfff...

T'es chûr ?

Oui.
Rhooo...

Yiaaaah !!!
JEAN-LOUP EST CURIEUX.
CURIEUX DE TOUT.
MAIS AUSSI CURIEUX DANS LE SENS... "BIZARRE" !

DEPUIS QUELQUE TEMPS, JEAN-LOUP EST AMI AVEC LE ROI DES BELGES...
Ô ô Belgiqueuuuh Ô ô mère, Chérieuuuh!

COMME VOUS POUVEZ LE CONSTATER, CECI N'EST PAS LE VRAI ROI DES BELGES.
!!
Pardon?

HÉ NON! C'EST CELUI QUI VIT DANS SA TÊTE.
Dans cha tête ...

Mais ...
Pas du tout!

Zean-Loup et moi nous chommes les deux meilleurs amis du monde!
Zean-Loup et Boubou.

Hé! Zean-Loup!
Chi on allait plutôt chuivre des cours pour apprendre à charger chabre au clair, che cherait chouette, non?

Non, Boubou...
Je travaille sur
un nouveau sujet!
Aaaah!
BAM!
HOP!

Regarde!
Les Rituels
FUNÉRAIRES
de par le MONDE

Tu sais, suivant
les civilisations,
il y a des tas de
rituels funéraires
différents...
Jean
Loup

En Éthiopie par
exemple, ils tuent
une chèvre et
blablabla...
Jean
Loup

Ha Ha
Ha!

Jean
Loup

J'en ai découvert des tas, c'est passionnant !

Tu sais ce qu'ils font avec les morts au Tibet ?
Lâche tes fiches !

?!

Compris, gamin ?

Pourquoi ?
J'aime mes fiches...

À Luo Ruo, petit village tibétain...

De toute façon, tu n'y arriveras pas !
T'es trop nul !

Et ridicule !

Regarde-toi dans ton petit bureau avec tes petites fiches !

Tu n'es pas digne de notre famille !

Les Beaugens, c'est autre chose... Lâche tes fiches !
Les Rituels FUNÉRAIRES dans le Monde

Non c'est passionnant les morts... 1, 2, 3... 1, 2, 3... Au Cambodge par exemple...

Tu es la honte de la lignée paternelle !!

Tu m'entends ?!
Garnement ?!?
Nooooon !!!

Hahaha!
Noooon...
Hahaha!!
Jean Loup
Nooooooon...
Hahaha!
Noooon!
Noooooon!
Jean Loup
!!
BLAM!
Non!
Pfiou...
1, 2, 3
1, 2, 3
1, 2, 3
...

Haha...

T'es vraiment trop nul !

Moi, ton Grand-père, j'ai fait la guerre ! Sale mioche !
Contre les boches !
Mort au conflit !
Ça c'est joli !

Haha !!

Moi, j'étais le chef du cabinet du Premier ministre en 1897 ! Ça c'est Chouette !
Moi, maréchal des logis, tué en 1916 ! Balaise !
Moi, président de la première Cour de cassation, mon bon !
Moi, diplomate au Congo, Coco !

Ça ! C'est les Beaugens !!

Chez les Beaugens on est président ! On gagne de l'argent ! On travaille au Parlement !
On ne chipote pas avec des petites fiches dans un petit bureau !
T'entends fainéant !

Je vais te dire, le môme ...
Raaah!
Umpff!!
Te bile pas...
... de toute façon...
... avec des ancêtres tels que nous...

Ton chemin est tout tracé !

BLAM!
!!
...
Papa?
Attends une minute, Jean-Loup, j'arrive...
Papa?
...

...
Zean-Loup!
HOP!
Ze chuis là, moi...
Non! Toi t'es qu'un bête jouet qui parle dans ma tête!
!!

Forchément dans ta tête... Ze vais pas te parler dans les pieds...

C'ÉTAIT UNE JOURNÉE TYPE DE JEAN-LOUP.
CRUELLE, NON?
POURTANT ELLE N'ÉTAIT QUE TRÈS BANALE.
FRANCHEMENT UN ENFANT QUI DÉMARRE COMME ÇA DANS LA VIE, IL EST MAL BARRÉ, NON?
MAIS VOUS NE SAVEZ PAS LE PIRE...
ANIMAUX DU MONDE
ÇA VA ENCORE SE CORSER !

CHAPITRE 2

Fiche 2639

LA CIRCULATION D'AIR DANS LA COMBINAISON SPATIALE DES ASTRONAUTES LEUR ENVOIE À LA FACE LEURS PROPRES PETS TOUTES LES TROIS MINUTES.

DEPUIS UNE SEMAINE, JEAN-LOUP A PRÉPARÉ CONSCIENCIEUSEMENT UN EXPOSÉ QU'IL DOIT PRÉSENTER DEVANT LA CLASSE. IL A CHOISI LE SUJET LE PLUS BATEAU POSSIBLE AFIN DE RÉUSSIR SON DEVOIR TOUT EN PRENANT BIEN SOIN DE NE PAS SE FAIRE REMARQUER (IL DÉTESTE) GRÂCE À LA QUALITÉ DE CELUI-CI.
LA VIE DES LOUTRES DE NOS RIVIÈRES
MALHEUREUSEMENT, CE MATIN, UN PETIT GRAIN DE SABLE VA BOUSCULER SON PROGRAMME. UN DÉTAIL LOURD DE CONSÉQUENCES, UN COUP DU DESTIN, UN ÉTRANGE HASARD QUI VA PRENDRE LA FORME...
...D'UN ACARIEN !

FICHE 2441 : LE SAVIEZ-VOUS ?

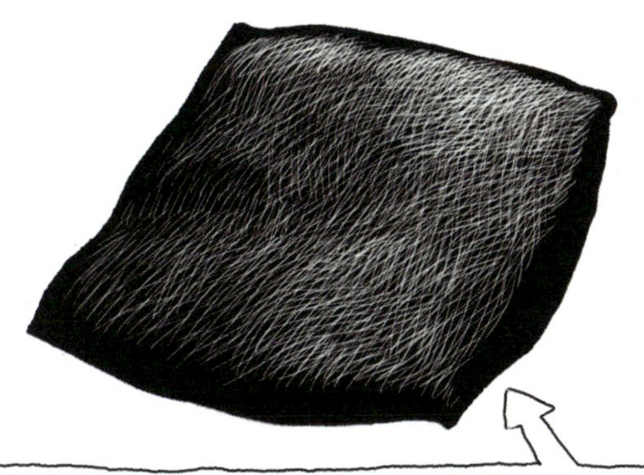

SI VOTRE OREILLER A SIX ANS, ON ESTIME QU'UN DIXIÈME DE SON POIDS SERA CONSTITUÉ DE PEAUX MORTES, D'ACARIENS MORTS ET DE CROTTES D'ACARIENS.

FICHE 2442 : L'ACARIEN (ACARI OU ACARINA) EST UN TAXON D'ARACHNIDES.

DANS VOTRE SOMMEIL, LES ACARIENS VIENNENT SE RÉGALER DE CES DÉLICIEUX FRAGMENTS DE PEAUX MORTES BIEN CROUSTILLANTS QUE VOUS ABANDONNEZ EN DORMANT.

OR, CE 14 NOVEMBRE À 7H29 ET 18 SECONDES PRÉCISES, JEAN-LOUP TOUSSE À UNE VITESSE DE 250 M/S. SOIT UNE VITESSE PROCHE DE CELLE DU SON.

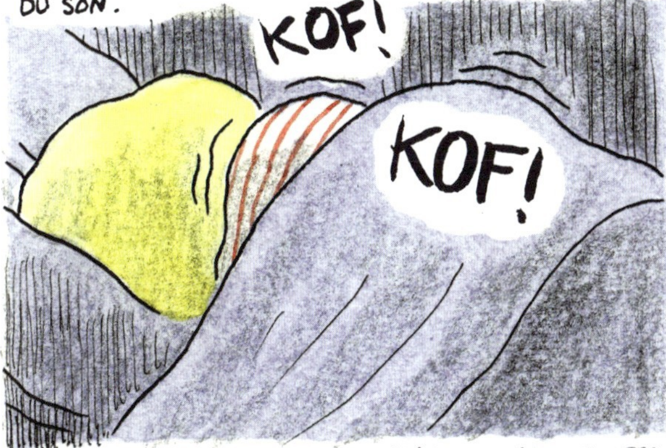

IL PROPULSE AINSI DANS L'AIR DES GOUTTELETTES DE SALIVE ET AUTRES MICROBES...

MAIS AUSSI UN CADAVRE D'ACARIEN QUI REPOSAIT JUSQU'ALORS SUR SON PETIT OREILLER.

CADAVRE ATTERRISSANT PRÉCISÉMENT ENTRE LE MARTEAU ET LA CLOCHE DU RÉVEIL DE JEAN-LOUP.

CELA À 7H29 ET 57 SECONDES, C'EST-À-DIRE 3 SECONDES AVANT QUE LA SONNERIE NE S'ENCLENCHE.

EMPÊCHANT DE CE FAIT LE RÉVEIL DE PRODUIRE UN SON DIGNE DE CE NOM !

CE FAIT APPAREMMENT INSIGNIFIANT VA POURTANT ÊTRE L'ÉLÉMENT DÉCLENCHEUR DE TOUT LE RÉCIT.

LE PAPA DE JEAN-LOUP S'APPELLE SIMON MAIS AURAIT TRÈS BIEN PU S'APPELER :

"ATTENDS UNE MINUTE, JEAN-LOUP, J'ARRIVE..."

DRIiiiING!

DRIiiiING!!

Non, Zean-Loup! Ne réponds pas! T'as pas le temps! L'exposé t'attend!
DRIiiiING!

On en avait déjà parlé la dernière fois! Ça ne te vaut rien de bon! Non!
RIiiiING!

Aïe Aïe Aïe
DRIiiiNG!

Aïe ...
Nooon...

Respiration faible et régulière ...

Respiration faible et régulière ...

T'as trop attendu, c'est foutu ...

Papa, je suis en retard !!

Papa ?

Il est déjà parti ?
Oui.
AAAH !

Je vais y arriver !
Tu crois ?

Pour ton exposé n'oublie pas de ...
BLAM !

Aïe Aïe Aïe ...
J'espère que ça va aller ...

RIEN N'EST MOINS SÛR...
LES LOUTRES DE NOS RIVIÈRES
EXPOSÉ
de
Jean-Loup Beauge

Si j'ai 80 points ce matin, mon exposé se passera bien.

Marcher sous la pluie sans capuche, 20 points!

POF!

Mademoiselle Ophélie?
Jean-Loup! Qu'est-ce que tu fais sous la pluie sans capuche?
Mets-la et file à l'école, j'arrive!

Oui... bien sûr...
Purée, ma capuche...

Pénalité : moins 40 points.
Je dois rattraper le coup!

Courir jusqu'à l'école sans croiser de bagnole !!!

SPLOUTCH!

Purée !!!
PLOC
PLOC
PLOC
Pour mon escposé c'est pas gagné!

Silence dans la classe!
Aujourd'hui jour des exposés!

Nous en étions à la lettre B.
B.

Beaugens Jean-Loup!
Oui...

Alors, ton sujet?

VIDE!
!!!
Mes feuilles...

Les loutres...
Sur mon bureau!

Vas-y, mon grand, on t'écoute.
...
Gratte Gratte
Oui, Jean-Loup ...
C'est à toi.
Ah... euh... oui...
Jeuh... Je vais vous p... parler de... de... deuh... deuh...
HiHi
HiHiHi
AHAHAH
OHOH
AHAH AH
Gratte Gratte Gratte
Je-vais-vous-parler-des-différentes-façons-d'enterrer-les-morts-de-par-le-monde!
INCROYABLE! IL A DIT TOUTE UNE PHRASE SANS BAFOUILLER! OU PRESQUE.

Au Cambodge? C'est un malheureux poussin qui accompagne la mort du maître.

Ils tuent le poussin, le vident de son sang qu'ils mélangent à de la bière puis jettent tout sur le cercueil !

BIEN JOUÉ LE COUP DU POUSSIN.
UN PEU DÉGOÛTÉS... MAIS BOUCHE BÉE !

JEAN-LOUP PREND LA BALLE AU BOND ET ENCHAÎNE...
À Luo Ruo, petit village tibétain, les cadavres sont offerts aux... VAUTOURS !

HÎN! HÎÎN! HÎÎÎN!

Le moine tibétain, lui, il broie les os du défunt pour faciliter le travail des charognards !

Et en Éthiopie ?
Vous savez ce qu'ils font en Éthiopie ?

Eh bien, ils tuent une chèvre !

Ils prennent le contenu des intestins qu'ils mélangent avec le sang...

Ils en font une mixture dont ils se recouvrent le corps...

Puis ils la mangent !!!

C'est dégueulasse, hein ?

OUAAAAIS !

CLAP!
CLAP!
BRAVO!
BRAVO!
CLAP!
CLAP!
BRAVO!
CLAP!
CLAP!
CLAP!
CLAP!
CLAP!
CLAP!
CLAP!
CLAP!
CLAP!
CLAP!
CLAP!
BRAVO!
C'était dingue!
Top!
CLAP!
CLAP!
CLAP!
CLAP!
CLAP!
CLAP!
CLAP!

...

SÉDUITE.

TAPE AMICALE!

Bravo Jean-Loup !
C'était très bien.

Un sujet étonnant mais très vivant dans sa présentation.
Je ne t'avais jamais vu comme ça.

Tu étais vraiment là.

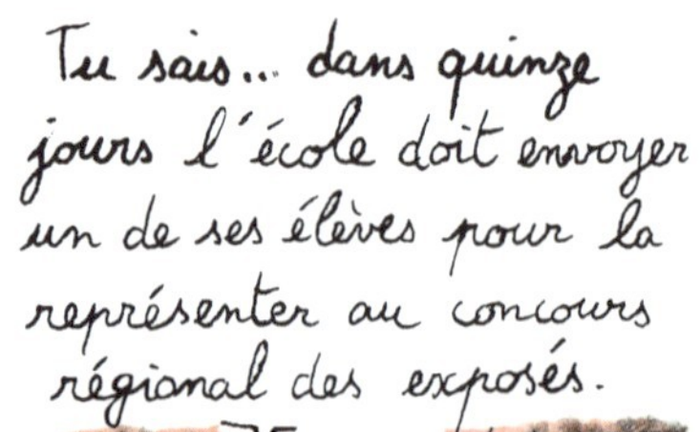
Tu sais... dans quinze jours l'école doit envoyer un de ses élèves pour la représenter au concours régional des exposés.

Tu pourrais y aller non ?

Bon, il faut que tu trouves un nouveau sujet... Et que tu le développes un peu.
Mais ça devrait être possible, non ?

Euh...

Oui.

INCROYABLE !

RENTRANT CHEZ LUI...

...JEAN-LOUP EST TELLEMENT CONTENT ...

EN FAIT NON...
PAS TOUT À FAIT.
HOP!
BROOOARR
C'EST UN PEU
COMME D'HAB.
1,2,3
TAP
TAP
TAP
HOP!
BROOOAAAR
Yes!
MAIS IL EST SI CONTENT
QU'IL RÉUSSIT TOUT DE MÊME
712 POINTS!
LES DOIGTS DANS LE NEZ,
EN APNÉE ET SUR UN PIED!
CE QUI N'EST DÉJÀ
PAS SI MAL.

AH.

VA-T-ON ENFIN SAVOIR?
Bisous

Maman...
HÉ OUI...

C'EST UNE URNE FUNÉRAIRE!
Tu ne vas jamais me croire!
J'ai été sélectionné pour le concours régional des exposés...

T'aurais dû voir... Je ne sais pas ce qui m'a pris !
Toute la classe m'écoutait. Et ils avaient l'air intéressés.
Et Juliette ! Elle me souriait trop fort !
Le concours régional des exposés !
Si je gagne...
JEAN-LOUP!
JEAN-LOUP!
JEAN-LOUP!
CLAP
CLAP
CLAP
CLAP
CLAP

Yes!
Mais j'ai besoin d'un nouveau sujet!

HIIIIIIIN

?!

Ah non!

SCRAAATCH!
PAF!
SCRAAATCH!

Pas cette fois les ancêtres!
Na!

Alors... Ah! Une fiche comète!
"La comète 1983TX581 devrait bientôt s'écraser à proximité de la terre..."

Euh non, pas les comètes. Ça fout les jetons. Ah ! La permaculture...
Fiche 1032 :
Nous sommes apparentés aux fruits et légumes. La moitié des fonctions chimiques qui s'effectuent dans une banane sont les mêmes que pour l'être humain.
Non, non et non !!
Pas la tique !
Alors, quoi ?

La permaquoi ?
Rhalala, ch'est compliqué !! Dézolé, ze ne vais pas pouvoir t'aider...

Chut, Boubou !
Ah ! Une fiche sur la tique !

La tactique !

Quoi ?
Mais oui, la schienche tactique de l'armée belche !

Euh non... L'armée franchaise ? Chomalienne ?
Ruche ?!

Hum ! Non... Pardon...

Un nouveau sujet...
Un nouveau sujet...
HOP
HOP
HOP

Ze Chais!

La fabuleuse Chaga de Saxe-Cobourg-Gotha, Belzes et rois!

Mais oui...
Le roi!

Oui, c'est mwaaa...
Mais non, Boubou...
Le vrai roi! Le roi Baudouin!

Je le connais
Je lui écris des lettres depuis que je suis tout petit.
?
Et il me répond!

Regarde... Il m'envoie même ses vœux à la nouvelle année!

Yes!

Maman

Smack!

Je vais aller trouver le roi.

Un grand homme comme lui, il va m'aider à trouver un sujet pour mon exposé !
UN ROI POURRA-T-IL AIDER UN DE SES SUJETS À TROUVER UN SUJET ?
APRÈS TOUT, POURQUOI PAS ?

CHAPITRE 3

Fiche 3782

UNE LONGUE VIE HUMAINE SE MONTE EN MOYENNE
À 650 000 HEURES EN TOUT ET POUR TOUT.
APRÈS, POUR VOUS, TOUT SERA DIT.

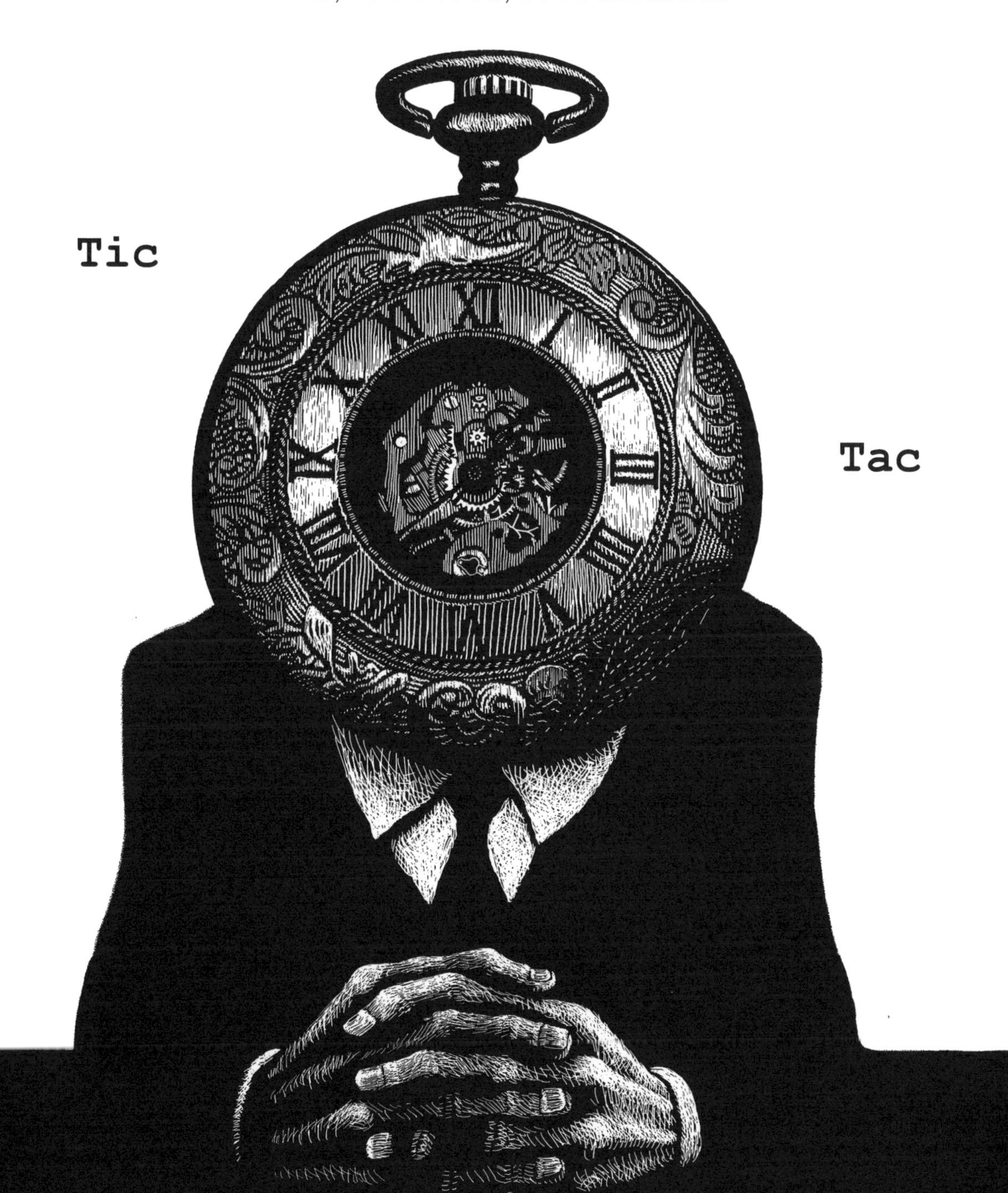

LE LENDEMAIN, MIDI ET DEMI.

Alors...

Mon portrait du roi...
CHOCOLATS
Hop!

Ses lettres... pour qu'il me reconnaisse.
Hop! Hop!

Une boussole... Au cas où!

Des antihistaminiques, des antidouleurs, des sparadraps...
Hop!
Hop!
Hop!
Hop!
On ne sait jamais.

Maman...

Bisous

Voilà!
1,2,3...

IL EST PRUDENT, N'EST-CE PAS? IL FAUT VOUS DIRE QU'IL N'EST JAMAIS SORTI DE CHEZ LUI. C'EST ÉTONNANT À SON ÂGE, MAIS C'EST COMME ÇA... SA CHAMBRE, C'EST SON PETIT UNIVERS, IL PEUT S'Y DÉTENDRE. PAR CONTRE, POUR OSER ALLER EN VILLE, IL FAUT TOUT PRÉVOIR.

Boubou ?
Ze chuis là !

DRIIIIIIING !
?!?

DRIIIIIIIING !

DRIIIIIIIING !
...
N'y va pas !

DRIIIIING !
DRIIIIING !

Respiration faible et régulière

Respiration faible et régulière.

KLAN !!

Ça va aller...
Tu crois ?

Oui, je crois.

On attend quoi là?
Papa, il va me prendre à 13h pour m'emmener à Bruxelles à 17h, heure de fermeture du Palais.

J'aurai mon nouveau sujet !

Il m'a promis.

...

PLOC!

...
PLOC!
PLOC!
PLOC!
PLOC!

Mais... il m'avait promis.
PLOC!
PLOC!
PLOC!
PLOC!
PLOC!
PLOC!
PLOC!
PLOC!
PLOC!
PLOC!
PLOC!
PLOC!
PLOC!
PLOC!
PLOC!
PLOC!
PLOC!

TAP
TAP
PLOC! PLOC!
PLOC! PLOC! PLOC! PLOC! PLOC! PLOC! PLOC! PLOC! PLOC! PLOC! PLOC! PLOC! PLOC! PLOC!
PLOC! PLOC!

Tu sais ...
Je ne me souviens pas d'une seule fois où il est arrivé à l'heure ...
PLOC! PLOC! PLOC!

Un jour, il m'a même carrément oublié, j'ai mis deux heures à rentrer à pied...
PLOC! PLOC!
Il a même oublié de s'excuser.

Maman disait toujours : "Ton père, même à son enterrement, il sera en retard !"
PLOC! PLOC!

Mon papa c'est une étoile.
PLOC! PLOC! PLOC!

Quand il est là, il n'est pas vraiment là. Et quand tu le vois, ce n'est pas vraiment lui que tu vois...
PLOC!
C'est une image de lui.

J'ai l'impression qu'il est à des années-lumière de moi.
PLOC! PLOC!
PLOC! PLOC! PLOC! PLOC! PLOC! PLOC! PLOC! PLOC!
PLOC! PLOC! PLOC! PLOC!

?
PLOC!
PLOC!
PLOC!
PLOC!
?!?
PLOC!
PLOC!
?
PLOC!
PLOC!
!!!

PLOC!
PLOC!
KOF! KOF!

SIMCA 1000.
COULEUR CACA D'OIE.
KOF! KOF!
PLOC!
PLOC!

BLAM!

PLOC!
PLOC!
Parrain?

Mais, parrain, qu'est-ce que tu...
Hello hello m'fi!
PLOC!
PLOC!
PLOC!
BRRR

JOHNNY GALA.
LE FRÈRE DE LA MAMAN DE JEAN-LOUP.
CELUI QU'"ATTENDS UNE MINUTE, JEAN-LOUP J'ARRIVE" APPELLE QUAND IL N'A PAS LE TEMPS, C'EST-À-DIRE TRÈS SOUVENT.
PLOC!
PLOC!
BRR

Dis, t'as vu, m'fi? It's raining again...
Mais don't worry! Somewhere over ze rainbow ze skey are blou.
Hé Hé Hé!
BRRRR

♫ Dans la vie faut pas s'en faire ♫ Jean-Loup! Don't worry ♫ Be happy ♫
Oui...
PLOC!
BRR

PLOC!
PLOC!
PLOC!
PLOC!
BRR
Allez m'fi! Installe-toi!

On ze road again!
PLOC!
PLOC!
PLOC!
Mais...
BRRRRR

BRRRRR

Aïe Aïe Aïe...
BRRR

Bon, m'fi, je t'explique : finalement ton père n'était pas libre pour te conduire, mais moi oui !
BRR RRR
Alors je t'emmène au Palais ♫ Tutulu Tutu ♫

Rilax hein, fi, on sera au Palais avant 17 heures... Et détends-toi, t'es tout vert...
On dirait un Schtroumpf qu'a la jaunisse !

WAF ! WAF ! WAF !
BRRR

Un Schtroumpf qu'a la jaunisse... Tu comprends ?
BR RRR
Ah oui...
Ah Ah...

Dis, tu te rends compte ? On va voir Ze King ?
BRRR R
Enfin Ze King... Celui qui a la couronne, pas la banane, hein !

WAF ! WAF ! WAF !
Tu comprends ?

La banane...

Bâille
BRRR

Mais avant d'aller à Bruxelles, on va devoir s'arrêter chez Cora.

Quoi ?!

BRRRRRR

BONG!
SCHKLANG!
TAP TAP
Allala! Nom de Dieu!

Aïe Aïe Aïe Aïe Aïe
Aïe Aïe

Holy Shit! C'est pas la durite!
Crasse! C'est la culasse!!

1, 2, 3...
1, 2, 3...
Ploc!
Ploc!
TAP TAP TAP

ACH! OUCH! Saint Dieu de Godferdek!
SCHKLANG!
BLANK!
BUMP!
PSCHiiiiii

Rilax! Rilax!

Jean-Loup, give me un peu ze loque!

Jean-Loup?!?

Nomtetjeu...
Il s'est tiré!

1,2,3... 1,2,3...
Je dois trouver une gare !
TRAJET DE JEAN-LOUP
(QUI VA TOUT SEUL COMME UN GRAND JUSQU'À LA GARE)
CIMETIÈRE
TCHEKHOV (VOUS VOUS RAPPELEZ ?)
30 MAJORETTES
2000 MANIFESTANTS
NON! NON!
LA GARE
C'EST PAS GAGNÉ !

Alors...
la gare...

Elle est où?

Je suis perdu...

Ah!
GARE

Monsieur le roi, me voilà !
1,2,3
1,2,3

AÏE...
ÇA, CE SONT LES ANCÊTRES MATERNELS!

LES THIRY !
Moooh...
!?!

Tu vas être en retaaard ...
Non! Non! Non!

Tu n'arriveras pas à la gare ...
!!

ET ÇA NE RIGOLE PAS AVEC LES THIRY !
Tremble Tremble
Clac Clac

ÇA DÉPRIME !
Tu sais ce qu'il te faut Jean-Loup ?
Te laisser aller... pleurer... te suicider...
Mooh oui ! Le suicide, rien de morbide ! La dépression ça a du bon !
Un petit coup de mou c'est chou !
?!?

Mooooh...

Sais-tu que moi, ton arrière-grand-tante Philomène, je me suis suicidée en mettant le feu à la ferme familiale ...
Un bien beau spectacle...

Trancher sa ligne de vie d'un coup ...
voilà une idée attirante ...
Ne penses-tu pas, Jean-Loup?
NOOON!

Tu n'y arriveras pas !
C'est trop dur...
Non, ça va aller !
TAP TAP TAP
La gare, le ticket, Bruxelles, le quai. Facile, 1, 2, 3 !

Ton chemin est
tout tracé...

Tout tracé !
Tout tracé !

C'est trop loin...
C'est trop dur...

De toute façon, avec les ancêtres que j'ai...
...mon chemin est tout tracé
...

ÉNONCÉ DU PROBLÈME :
COMMENT UN ENFANT DE 11 ANS, PÉTRIFIÉ SUR PLACE, PEUT-IL PARCOURIR LA DISTANCE DE 800 MÈTRES QUI LE SÉPARE DE LA GARE ?

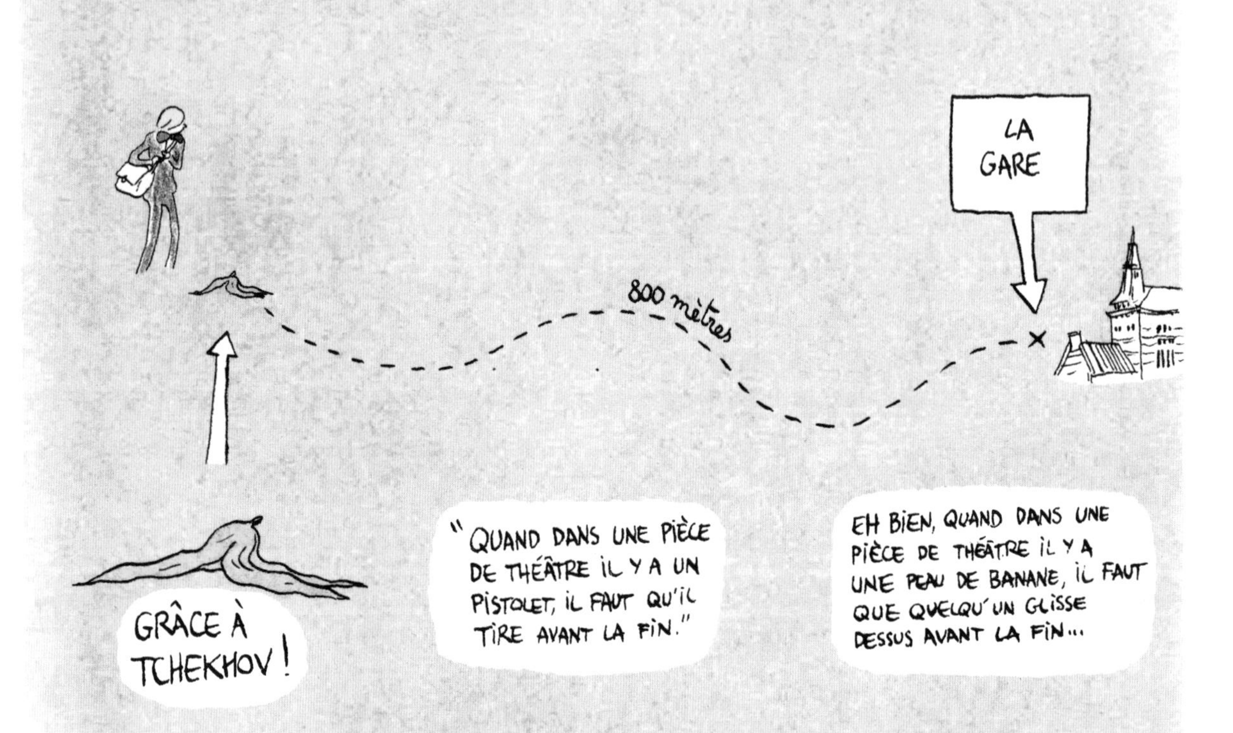

ET INCROYABLE...

CE MOMENT, C'EST MAINTENANT.

Pfiou...

Hééé... Mais j'ai parcouru 100 mètres.

J'ai avancé! Génial!

!?!

RoooPoPoPommm
Ho! Ho! Ho! Ho! Ho! Ho! Ho!
?!

PolopomPom
HEY! HEY! HEY! HEY!
Héé!

RoooPoPoPom m RoooPoPoPom
Ho! Ho! Ho! Ho! Ho! Ho!

PolopomPompom...
HEY! HEY! HEY! HEY!

Hééé... 200 mètres!
Pfiou

!!!
Non ...

PAS
NON!
NON!
ÇA SUFFIT!
ASSEZ
NON!
PLUS DE FR
MOINS DE FR

NON! NON! NON!!

Hééé! 600 mètres!

J'y suis presque!
GA

VRAOOOUMM

Oh non! Une voiture noire!
Vite!

Éviter les lignes blanches!

GARE
1, 2, 3, 1, 2, 3, 1, 2, 3, 1, 2, 3
VRAOOOUMM

La gare...
je suis à la gare...

Yes!

Mon chemin n'est pas tout tracé!

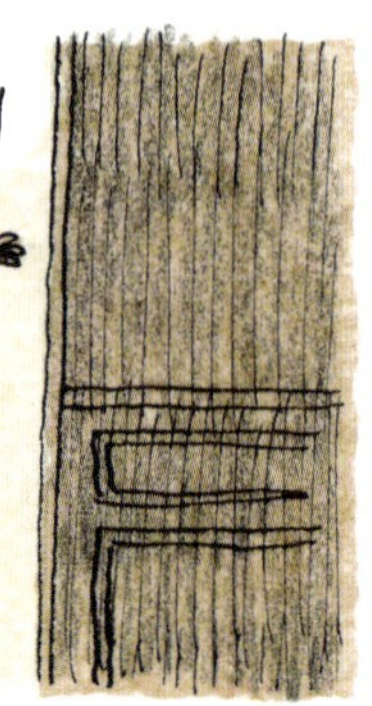

Ça, c'est la chienlit!

Moooh encore raté...

Monsieur le roi ...
Préparez votre sujet !

Ouvrons une petite parenthèse...
philosophique !

J'essayais de marcher tout seul jusqu'à la gare, mais je n'y arrivais pas...

... puis j'ai glissé sur une peau de banane.

À quoi ça tient...

Parce que sans cette peau de banane, y aurait pas eu les majorettes ni les manifestants pour me pousser jusqu'à la gare et je ne serais pas là dans ce train.

Hmm...

C'est marrant parce que les peaux de banane normalement ça fait tomber, pas avancer !

Comme si, pour une fois, la tartine de confiture était retombée du bon côté !

?!

CLAC

Incroyable...

MERCI, TCHEKHOV !

Hop! Fin de la parenthèse!

CHAPITRE 4

Fiche 2718

SI LES DINOSAURES N'AVAIENT PAS ÉTÉ RAYÉS
DE LA CARTE, VOUS POURRIEZ AVOIR DIX
CENTIMÈTRES DE HAUTEUR, DE LONGUES MOUSTACHES
ET LIRE CE LIVRE DU FIN FOND D'UN TERRIER.

Allez, c'est pas si compliqué...
"Bonjour, je voudrais voir Monsieur le roi"...

Crotte
Crotte
Crotte

C'est pas gagné...
1,2,3
1,2,3

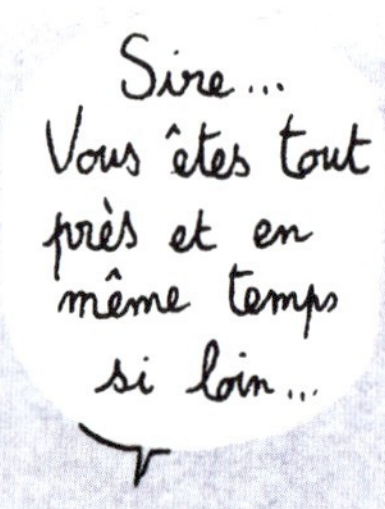
Sire... Vous êtes tout près et en même temps si loin...

?!
Maman...

Maman, je peux entrer...
Oui, Jean-Loup...

...
CHOCOLATS
CHOCOLATS

Assieds-toi, mon grand.
Qu'est-ce que tu fais?
J'écris.
À qui?
Au roi Baudouin.
Au roi?
Oui, je lui écris pour les fêtes de Pâques, son anniversaire... ou pour le féliciter de son dernier discours...
C'est un peu le père de tous les Belges.
Et il me répond... Regarde, j'ai classé toutes ses lettres.

Noël 79
Bons voeux de la famille royale.
Janvier 80.
Remerciements du roi.
Et moi, tu crois que je peux lui écrire?
Bien sûr. Il répond toujours.
Il est plus que gentil.
C'est un saint!
On le critique parfois, mais il fait tellement de bonnes choses pour la Belgique ...
Qu'on ne me dérange pas!
Je pars pour quelques heures!
Je m'en vais résoudre les problèmes entre les Wallons et les Flamands!

Vous semblez quelque peu perdu, jeune homme?

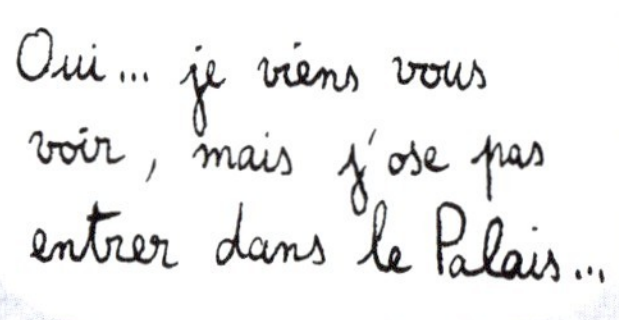
Oui... je viens vous voir, mais j'ose pas entrer dans le Palais...

Pourtant ma maman m'a toujours dit que vous étiez gentil...
Ah bon?
Mais j'ose pas quand même...

!!

Tu vois?
C'était pas si compliqué...

On peut vous aider?

Oui...
Je...
Je vou...
Je vouvou...
Je voudrais entrer voir Monsieur le roi.

IL DOIT FAIRE PIPI.
C'EST LE STRESS.

Y a quelqu'un?

Oui?
Je... Je voudrais voir Monsieur le roi.
Avez-vous rendez-vous jeune homme?

POF!

Rendez-vous?
Euh non... Mais je connais le roi, c'est mon ami, il m'écrit.

Regardez!
Mmm...
Frotte
Frotte
Frotte

Sans rendez-vous impossible!
Frotte
Frotte
Frotte

PIPIIIIIII!

Viiiiite !
Des toilettes !

TOILETTES
Ah.

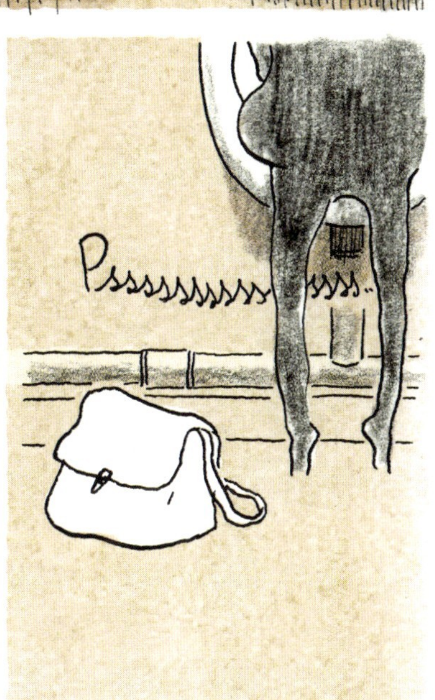
Psssssssssssssss...

Ah ben dis donc, ch'était moins une !!!
Psssssss

?!

Zean-Loup ! Regarde à côté...
Pssssssssssss
Ch'est lui !

?
LE ROI !
Psssssssssss
Psssssssssss

Yes!
Psssssssssss

Attends!!! Ze vais lui dire quelque chose!!!
Enfin non. Ze vais NOUS dire quelque chose...
Psssssssssss

Mais comment est-che qu'on ch'appelle déjà? Chire?
Non! Cha Majesté? Non, non, non... Moncheigneur?

chut.
Mmph...
Psssssssssss

Bonjour, Moncheigneur!
Psssssssssssss

FICHE 5639 :

PARURÉSIE ou symptôme de la vessie timide. C'est-à-dire se retrouver dans l'incapacité de faire pipi à côté de quelqu'un.

IL EST AMUSANT DE CONSTATER QUE LES GRANDS DE CE MONDE SONT ÉGALEMENT VICTIMES DE PARURÉSIE.
Amusant, amusant... Question de point de vue, n'est-ce pas ?

Aaaah, enfin !
Alors, ccc'est quoi ccette hisstoire de sssujet ?
Psssssssss

Attendez !
Que je retrouve mon exposé...

Ahah ! Vous allez voir !

?!

Mais... Où a-t-il bien pu passer ?
?
?

Monsieur le roi ?

PAF !

Il y a quelqu'un?

Oui...

Mais, mais, mais... Qu'est-ce que tu fais là, toi?
On faisait pipi avec Monsieur le roi.

Pardon ?
C'est mon ami, on s'écrit.
J'ai dû le vexer avec cette histoire de parurésie.

La paru quoi ?
Le roi doit m'aider à trouver un sujet pour mon exposé !
C'est très important !

Calme-toi, calme-toi, calme-toi, mon grand... Montre-moi un peu tes lettres...

Mais, mais, mais...
Je les reconnais ces lettres ! C'est moi qui les ai écrites !
?!

Ah non, Madame, c'est Monsieur le roi.
Non bonhomme, c'est moi.

Tu sais... le roi n'a pas le temps de répondre à tout son courrier...
EN EFFET...

... CE SONT SES SEPT SECRÉTAIRES SENSASS ET SENSIBLES QUI, SANS SOURCILLER, SIGNENT DE LEUR STYLO TOUTES LES MISSIVES DE SA MAJESTÉ.
Gratte Gratte
... AVEC... ALLITÉRATION DU "S" ! JOLI, NON ?

Je me souviens très bien de tes lettres : tu y parlais toujours de télescopes, de galaxies, de trous noirs...
Attends, attends, attends... tu dois choisir un sujet, c'est ça ?
Oui.

C'est ça, c'est ça, c'est ça.

Pourquoi ne racontes-tu pas les débuts de l'Univers ? Le BIG BANG !
Tu sais que c'est un Belge qui a élaboré cette théorie ?

Et pif et paf... Et Big et Bang ! Le BIG BANG !
CETTE IMMENSE EXPLOSION QUI D'UN TOUT PETIT RIEN A CRÉÉ L'UNIVERS.
JEAN-LOUP A SON NOUVEAU SUJET.
INCROYABLE.

*chez Payot, un livre a découvrir ! (NDA)

Le Big Bang.
Fourrez tout ce qui existe, chaque particule de matière jusqu'aux confins de la création, dans un point.
Un point d'une compacité si infinitésimale qu'il n'a pas de dimension du tout.

Il n'y a pas d'atome autour de ce point, car l'espace n'existe pas encore.
On ne peut pas non plus se demander depuis combien de temps ce point est là, puisque le temps n'existe pas encore.
C'est à partir de ce rien que notre Univers commence.

En une unique et aveuglante explosion, ce point prend des dimensions célestes !
En moins d'une minute, l'Univers a atteint une dimension d'un million de milliards de kilomètres.

En trois minutes, 98 pour cent de toute la matière qui existe est produite.
Nous avons un Univers, c'est un lieu doté de possibilités stupéfiantes et aussi un bel endroit.
Il s'est créé en moins de temps qu'il ne faut pour vous faire un sandwich.

Et sans le fameux Big Bang, je ne serais pas là...

Et je n'aurais pas de sujet !

Incroyable...

Le lauréat du Concours des exposés.
Quel Big Bang, ce Jean-Loup !

CHAPITRE 5

Fiche 1648

SAVEZ-VOUS QUE LES ARTÈRES D'UNE BALEINE BLEUE SONT SI LARGES QUE VOUS POURRIEZ NAGER DEDANS ?

JOUR J.

AU GRAND THÉÂTRE DE NAMUR.

TRENTE CANDIDATS.

LE GRAND JURY.

L'ENJEU EST DE TAILLE.
1
CAR SEUL LE PREMIER POURRA REPRÉSENTER SON ÉCOLE AU CONCOURS NATIONAL.

Houlàlàlàlà...

1, 2, 3
Ça va aller...
TAP TAP TAP

ANNE-LISE VANDENBENDEN, PETITE ANVERSOISE INSTALLÉE À NAMUR.
SOURNOISE.
AMBITIEUSE.

Dans 5 minutes, ça va être à moi. Je ne vais jamais y arriver. 1, 2, 3, 1, 2, 3... Je touche mon nez trois fois. 1, 2, 3, 1, 2, 3...

Mon nœud papillon!
C'est moche!

Je l'enlève!

Non, c'est mieux avec !

Ça va aller 1,2,3
TAP TAP TAP
OEIL MOQUEUR.

Bisou.

Maman...
Si tu avais été là, tu m'aurais dit quoi faire du noeud papillon. Et avec ton théâtre, tu m'aurais donné des exercices de diction.

Non, pas penser à maman!
TAP TAP TAP TAP TAP TAP
1,2,3, 1,2,3. Mon nez! Mon nez, 1,2,3, 1,2,3!

Qu'est-ce que tu fais à tout le temps toucher ton nez?
Aaaah!

Oh pardon, tu es nerveux... Et pourquoi tu enlèves et tu remets ton noeud papillon dix fois, dis?
Tu dois avoir un problème.

À mon avis, sais-tu, c'est mieux sans le noeud!

Non... avec.

Non sans!
Avec!
Sans!
Avec!

Enfin, c'est toi qui vois ...
SUIVANT!
Ah on t'appelle.

Merrt' hein!

Pardon... Est-ce que vous pourriez ne pas tous me regarder en même temps?
S'il vous plaît...

HAHA HA HA HA HA HA HA HA HA HA HA HA

BREF... FINALEMENT JEAN-LOUP A DIT TOUT SON TEXTE. ET C'ÉTAIT PLUTÔT INTÉRESSANT LA MANIÈRE DONT IL A PRÉSENTÉ LES DÉBUTS DE L'UNIVERS.
SEULEMENT VOILÀ, IL A **BAFOUILLÉ**, IL A **CAFOUILLÉ**, IL ENLEVAIT ET REMETTAIT SON NOEUD PAPILLON... ENFIN...

C'ÉTAIT UN EXPOSÉ ORAL ET **L'ORAL, ÇA COMPTE**!

ALORS, JEAN-LOUP IL A FINI...

DEUXIÈME!

Ça va, mon grand ?

Tu es content ? Deuxième, c'est bien, non ?
Oui...

?
J'arrive.

TOILETTES

BLAM !

TOILETTES

Snif
Snif…
TOILETTES

CHAPITRE 6

Fiche 438

LE BROUILLARD, C'EST UN NUAGE
QUI N'A PAS ENVIE DE VOLER.

LE SOIR

Jean-Loup est au fond du trou !

À L'ÉCOLE, IL RECOMMENCE À ÊTRE MISTER NOBODY.

1,2,3
1,2,3

Ça va aller...

1,2,3
1,2,3

Ça va aller...

1,2,3
1,2,3

Ne pas marcher sur les lignes blanches...

Fermer les yeux pour pas voir les voitures noires...

IL A DE PLUS EN PLUS DE TOCS, DE RITUELS, DE STATISTIQUES...

C'EST COMME AVANT...
MAIS EN PIRE !

ET CHEZ LUI...
DRiiiiiiNG!
AH NON!

DRïiiiiiiNG!
PAS LE TÉLÉPHONE!
IL A BESOIN DE TOUT, MAIS SURTOUT PAS DE DÉCROCHER LE TÉLÉPHONE POUR ENTENDRE UNE RESPIRATION FAIBLE ET RÉGULIÈRE.

QU'EST-CE QUE C'EST QUE ÇA POUR DE LA DRAMATURGIE, TCHEKHOV ? IL FAUT ENFONCER SON PERSONNAGE AU FOND DU TROU ET VOIR S'IL VA S'EN SORTIR ? C'EST ÇA L'IDÉE ?
DRiiiiiiiNG!
MERDE!!!

VRRRRRRR

DRIIIIIING !

Jean-Loup ?
Houhou ?
Monsieur ?

Ah, bonjour mademoiselle
C'EST L'INSTITUTRICE DE JEAN-LOUP.
XXXXXXX
Comment ?
XXXXX XXXX
AVEC SA PETITE VOIX TIMIDE, ON N'ENTEND PAS CE QU'ELLE DIT.
DRIIIIIIING !

Non, je suis son parrain ! Je crois qu'il est là, mais il ne répond pas.
Vous veniez pour le voir ?
DRIIIIIING !

xxxxxxx
Ah Ah Ah
xxxxxxx
Oh Oh Oh
xxxxxxx
Oufti ! Ah ouais, quand même !
MAIS QUE RACONTE-T-ELLE ?

Bon ben, je lui transmets le message. Mes amitiés, hein, mademoiselle… Et à bientôt, j'espère !

Jean-Loup ! Jean-Loup !

Jean-Loup, fi…
Écoute un peu !

Jean Loup
Pfff
Pfff
Pfff

Je viens de causer avec ton institutrice juste ici en bas… Pfff… Pfff… Tu sais, mademoiselle Ophélie…
Pfff…
La sympathique, là !

Alors bon, j'ai pas tout compris mais écoute… Pfff… J'ai une grande nouvelle.
Écoute bien… Pfff…
QUOI, BON SANG !?!

Pfff... Attends, j'm'assois...
POUF!

Ah... c'est pour ton concours des exposés, là... Y a une certaine Anne-Lise Vandenbenden...
Ou quelque chose comme ça...
Ça doit être une Flamande hein!

Enfin... Toujours est-il qu'elle est malade!

Ben ouais... Avec un nom pareil elle doit faire un burnoutte!

Et donc, résultat des courses, t'étais deuze, te v'là prem's!

C'est bien ça, non?

Ouais... Ça a l'air de te faire plaisir, ma grande nouvelle...

Mais attends, c'est pas fini!
Parce que, du coup, demain tu dois aller à Bruxelles pour le Concours NATIONAL des exposés!
Pour présenter ton sujet sur le Big Bang! BIM!
Hein?
C'est quand même bien ça non?
...
Ouais ...
Ah ben voilà... C'est tout de suite mieux!
Mais rilax, hein... T'as toute la journée pour te reposer!
Bon allez, j'y vais, fi! Et fais-moi signe quand t'es réveillé.

Le Concours national des exposés !
Yes !
Bisou.
Maman... Je suis choisi. Je vais à Bruxelles !
Hééééé !
Le BIG BANG

TADAAAA!

Ouille ... non ... Pas comme la dernière fois au Théâtre de Namur ... Il ne faut pas que je ...

Que je baba ... Que je bafou ... ... ouille ...
Chtop, Zean-Loup!

Va chercher le livre d'exerchiches de dichtion dans le bureau de ta maman!
Cha va t'aider!

Hein?

Non, non, non ... Je ne vais pas là-bas ...

Chi! Chette fois, ch'est néchéchaire!

Non, non, non ... Pas du tout ... Je vais bafoufou ...
Zean-Loup!

Bafoufou ... Bafoufou ...
{... Bafouiller ...

DEPUIS DES MOIS, JEAN-LOUP N'A PAS OSÉ REMETTRE LES PIEDS DANS LE BUREAU DE SA MAMAN, MAIS AUJOURD'HUI C'EST NÉCESSAIRE...
J'ai vraiment trop besoin du livre de diction.

Vas-y Zean-Loup!
Ah
Zut!
C'est bizarre... Je marche, mais je n'avance pas!

Zean-Loup?
Oui.
T'y es en fait.

Mmmh... bon, ferme les yeux, mon grand...
Bien.

D'accord, c'est le bureau de ta maman...
Mais tu vas zuchte chercher un bouquin.
Ça va aller...

Et on va entrer tous les deux, ok ...
Ok.
Ouvre les yeux.

Ah oui.
J'y étais

L'odeur n'a pas changé.

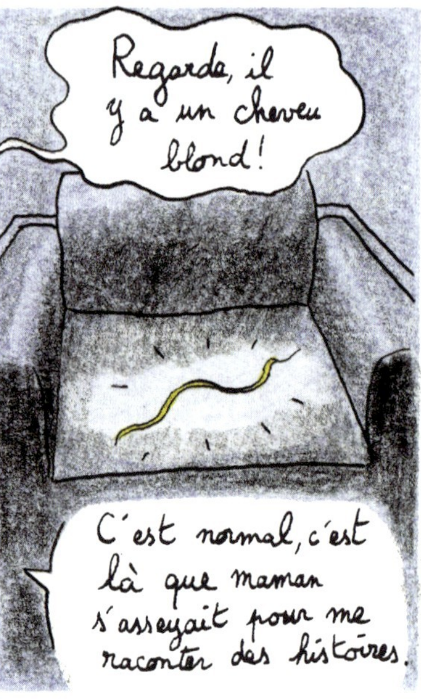
Regarde, il y a un cheveu blond !
C'est normal, c'est là que maman s'asseyait pour me raconter des histoires.

Et une photo d'elle...
Oui, et elle sourit... Ça alors...

Ah! le livre de dichtion!
DICTION

?!

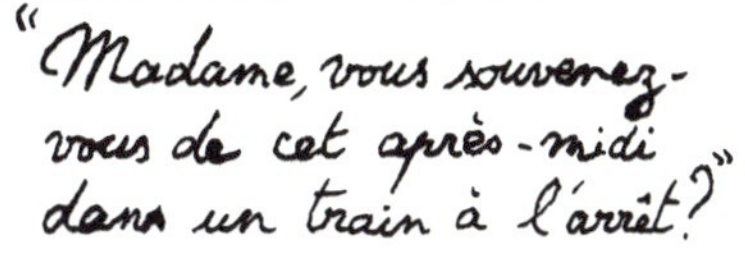
"Madame, vous souvenez-vous de cet après-midi dans un train à l'arrêt?"

Oh, on dirait une lettre d'amour ...

"Deux inconnus, mais nous avons passé des heures à parler... la plus longue pause de l'histoire de la SNCB!"
Titjchu! Dis! Cha, cha a dû être fort long, hein...

C'est l'écriture de papa...

Depuis, Madame, j'ai espéré vous recroiser dans ce train. Mais je n'ai plus jamais eu la chance de voir votre beau visage. Jusqu'à cet instant où, un an jour pour jour après notre première rencontre, vous êtes de nouveau apparue comme par hasard, à la même place, dans le même train : l'omnibus Châtelet-Saint-Josse !
Était-ce seulement un hasard ?
J'aurais voulu vous poser la question, mais je n'ai pas osé vous parler. J'ai préféré écrire cette lettre en cachette et la glisser dans votre sac espérant que...

Ça alors... Mes parents...
Ils étaient amoureux !

Et ils auraient pu se rater...
Oui... Et s'ils s'étaient ratés, toi tu ne serais pas né.
À quoi ça tient...

...

Ah oui...
Si mes parents ne s'étaient pas rencontrés, je ne serais pas là !

C'est un peu comme la peau de banane...
...qui est retombée du bon côté de la tartine...
Incroyable !
TUTUUUT !

Jean-Loup ?!
Hou Hou !
TÛTÛÛT !

Dis ! Finalement, ton père était pas libre pour te conduire mais moi oui !
Alors magne-toi... Parce que Bruxelles nous voilà !!
J'arrive !
Et prends ta valise !

Héhéhé...

VROOOOOM
Et puis, hé, bonne nouvelle...

On n'y va pas tout seuls ...
HOP !

Mademoiselle Ophélie...

Hum... Va t'asseoir derrière, gamin !

CLIC!
C'est très gentil de bien vouloir m'accompagner mademoiselle Ophélie.

Welcome to zi
Hotel Californiaaaa

Suche euh lovely place
Suche euh lovely place

Plenty of rooms at zi Hotel Californiaaa
Dis, parrain, on mettrait pas plutôt la radio?

Oh non... Qu'est-ce que vous chantez bien, monsieur Gala!

Aaah, vous êtes sympathique, mademoiselle Ophélie...
Vous êtes fort, fort sympathique!

Welcome to Zi Hotel Californiaaa
VROOOOUUUM

Ça, c'est les Eagles!
Vous connaissez les Ze Eagles?

CRÂÂÂHHCRÂÂÂ PAF PUNK!
CRÂÂÂHH PAF BUNK!

Tiens, tiens, tiens... une panne!
Hum!
Et c'est exactement la même que l'autre fois!
Pas de chance hein...
Mais ça tombe bien en même temps...
Parce qu'il se fait que je connais bien la région ...
Ouais.
Regardez, y a un motel là-bas...
Et un garage à côté. C'est justement un copain!!
Il va nous réparer ça, on repartira demain matin et on sera bien à l'heure à Bruxelles!
Hein... Quel curieux hasard.
MOTEL
GARAGE Chez
UN CURIEUX HASARD? COMME C'EST BIZARRE...

HAN...
HAN!
MOTEL

MOTEL

TING

TING!
TING!

?!

?
?
?

Combien êtes-vous?
Trois...

mmh
...

BLAM!
RÉSERVATIONS
Voyez quelles chambres
sont encore libres
et notez vos noms
en face des numéros.

Et si vous avez le temps, vous viendrez me raconter d'où vous venez et où vous allez...
Gratte
Gratte

Voilà 20 ans que je n'ai pas bougé d'ici, mais je voyage en écoutant les histoires de mes clients.

Tiens! Toi, t'as la 13. Moi et mademoiselle Ophélie, on a des chambres voisines à l'étage.
TAP
TAP

Installe-toi, je passe tantôt voir si tout va bien.
13

Alors comme ça vous trouvez que je chante bien?
13

?!

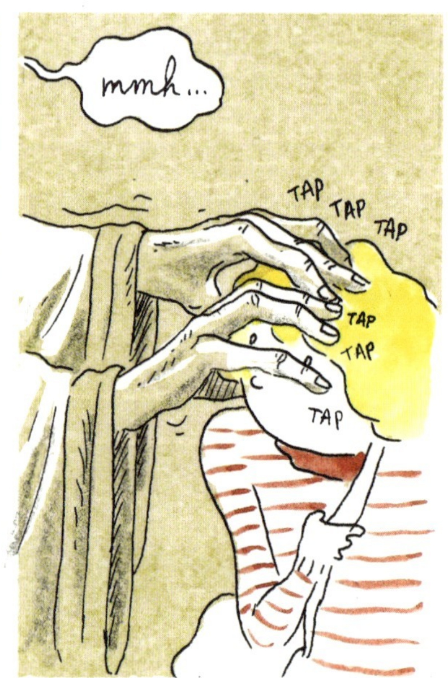
mmh...
TAP
TAP
TAP
TAP
TAP
TAP

mmh... vous êtes comme tous les voyageurs...

Vous n'êtes pas venus chercher ici de nouveaux paysages, mais une vérité.

Quelle est votre vérité jeune homme?

Moi... non... enfin je...
je ne sais pas...

snif snif
?

Vous ne sentez pas?
Snif
Snif

Cette nuit s'annonce étraaange...

Peut-être vous renseignera-t-elle?
Il faut faire confiance à la nuit...
Elle nous révèle souvent des choses qu'on se refuse à voir...

CLIC
CLIC
BLAM!
Cha va?
CLAC
CLAC
C'est vrai que la couleur du ciel est...
... bizarre.
Arrête, tu me fous les jetons!

Alors, fi! Qué nouvelle?
Titju, dis... Elle est bien belle, ta chambre!
?!
CLIC!
Qu'est-ce que c'est que ça?
KLAK!

Bon...
Viens un peu à par là, m'fi.
Viens ainsi !
TAP TAP
Écoute...
je vais te parler comme à un homme...

Y a six mois, quand t'as commencé avec ton urne, j'ai rien dit. Je me suis dit : c'est un gamin, il fait ce qu'il peut pour tenir le coup !

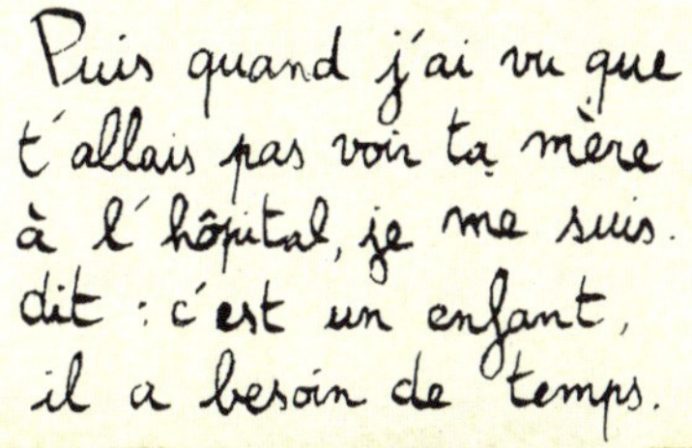

Alors tu sais la panne... TUNK, BUNK, PSHHHHHHH ! Eh bien, c'était pas une vraie panne
Et tu sais pourquoi ?

Mais j'te dirai pas quoi faire.
T'es assez grand pour le savoir.
M'enfin, sache tout de même une chose...
Les visites à l'hôpital, c'est jusqu'à 22 h.
BLAM!

CHAPITRE 7

Fiche 2752

LES HOMMES MODERNES N'OCCUPENT
QUE 0,0001% DE L'HISTOIRE
DE LA TERRE.

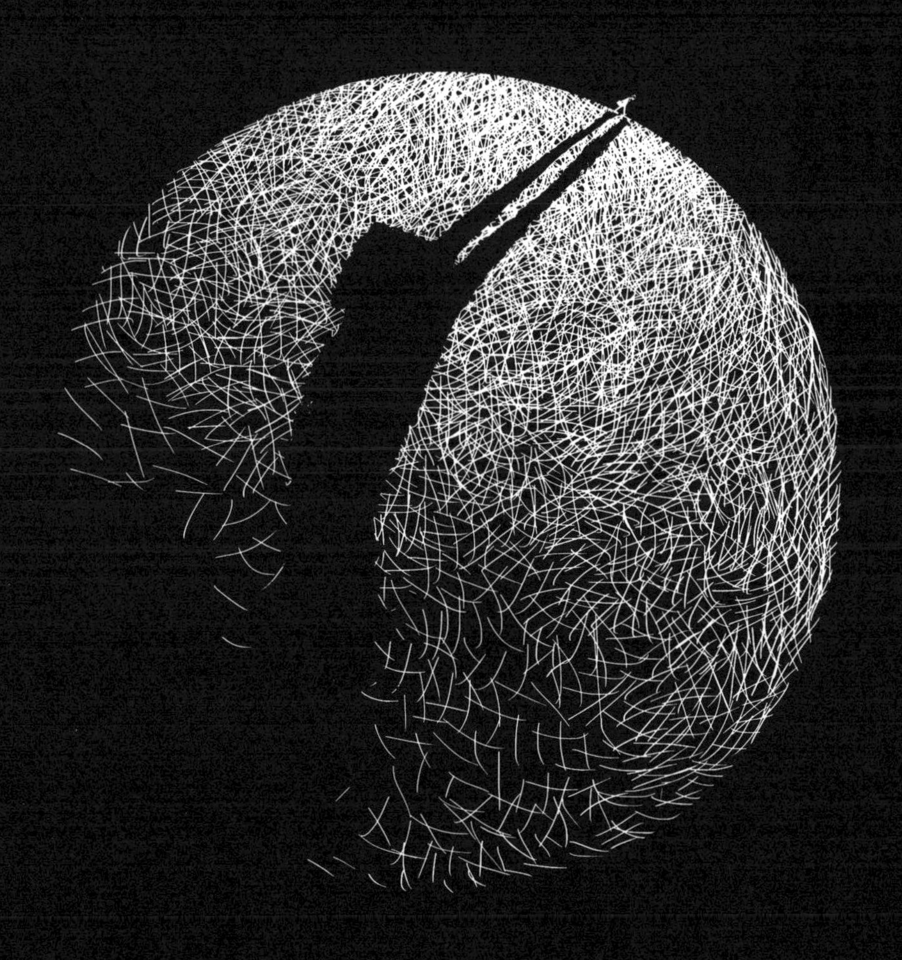

Maman...
Je ne veux pas la voir.
1, 2, 3
TAP TAP TAP
Je la préfère morte que vivante.
Je vais aller disperser ses cendres.
Mais, Zean-Loup ...
Ch'est pas pochible, cha!
Ch'est les chendres d'un vieux prochpectuch ...
Ze le chais, z'étais là quand tu l'as brûlé.

Va voir ta maman

Non, je ne veux pas la voir !

Rien qu'à entendre sa respiration si faible et si régulière au téléphone, elle me fait peur !

C'ÉTAIT DONC ÇA !...
DRRiiiiiNG!!

Pourquoi elle m'appelle si c'est pour ne rien dire ?

C'est parce qu'elle est folle ! Et moi, je ne veux pas devenir comme elle...

Je veux pas la voir !

Mais, Zean-Loup... Cha fait chix mois qu'elle t'attend...

Tu sais, Boubou, sa dépression c'était quelque chose...

Elle était toujours couchée sur le divan en pyjama et en pantoufles...

Et elle pleurait ...
elle pleurait...
elle pleurait...

Et elle avait toujours les cheveux dans tous les sens...

Puis elle criait tout le temps comme une folle.

Elle hurlait! Elle hurlait! Elle hurlait!

Je veux plus la voir.
Elle est folle.
Je la préfère morte que vivante.

Je veux pas devenir comme elle !

OUCH!
Je ne veux pas devenir comme elle.

C'EST FOUTU.

JEAN-LOUP NE BOUGE PLUS.

C'EST BIZARRE, TOUT EST SILENCIEUX. ON DIRAIT QUE LES ANIMAUX SE SONT TERRÉS.
ET LES GENS AUSSI.

ET C'EST BIZARRE COMME IL FAIT CHAUD. JEAN-LOUP TRANSPIRE.

ET LA TERRE AUSSI.

Zean-Loup...
là-haut...
Regarde !
Ch'est quoi ?!
LA COMÈTE
1983TX581
S'APPROCHE...

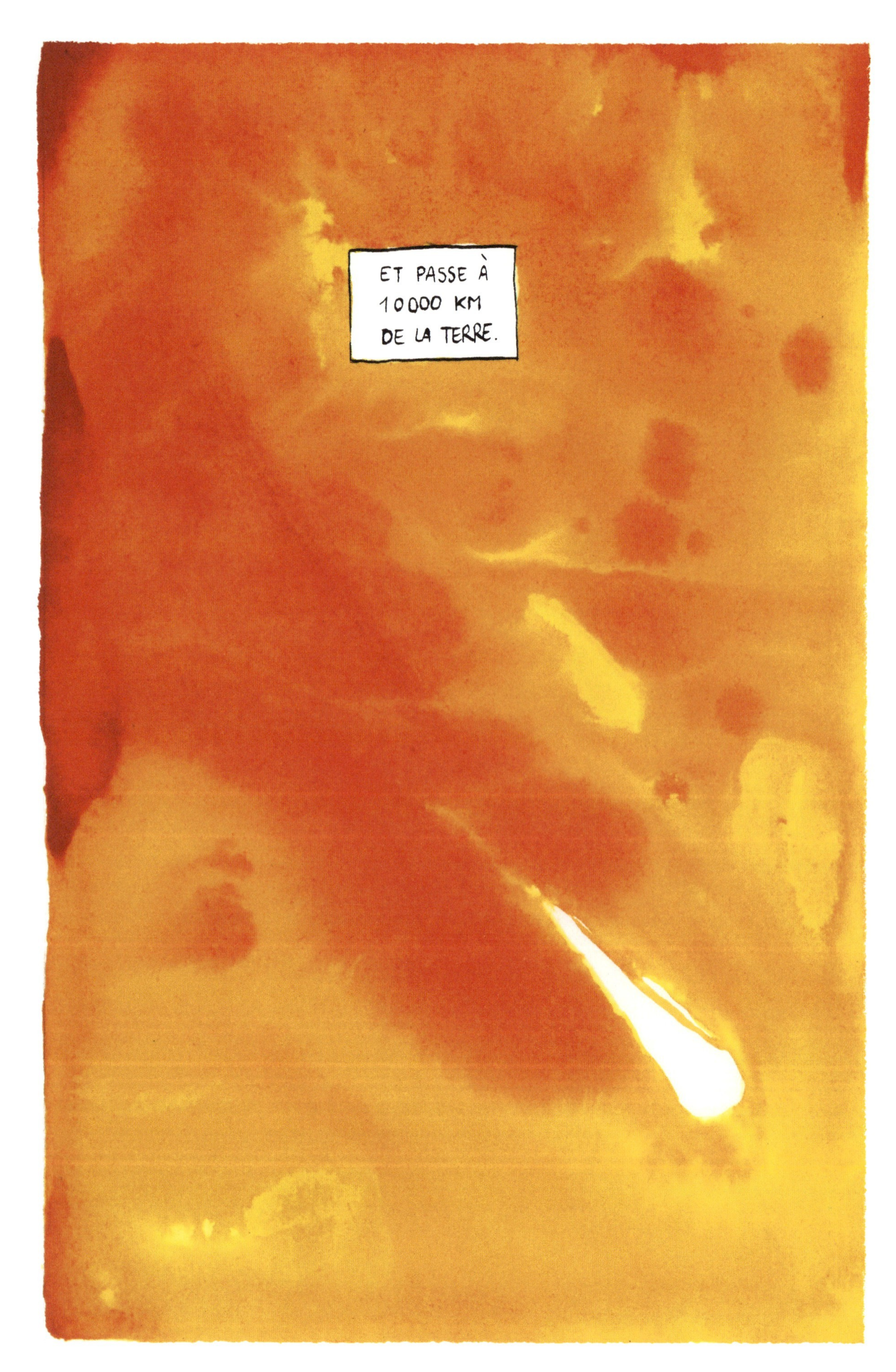
ET PASSE À
10000 KM
DE LA TERRE.

GARAGE Chez Jacky

MOTEL

HÔPITAL

Pfiouuuu... On a eu chaud!
Elle est pachée à cha!
Incroyable...
Je suis là.

Et j'aurais pu ne pas être là...
?
PLOC!
Youhououou Adieu l'urne!

Hahaha
Moooh
T'es trop nul ...
C'est trop dur ...
Non. Je suis là.
Goodbye les ancêtres !
Sire ...
Rechtons chimples voyons Zean-Loup. Tu peux m'appeler Mazesté.
Je...
Quoi? Pourquoi tu prends chette tête d'enterrement?
Non?!?
Moi auchi ...
Tu... Tu crois qu'il est temps de...
Qu'on che dise adieu nous auchi, ch'est cha?

Oui... Tu as chans doute raison...
Cha vaut mieux...
Tu ne vas quand même pas pacher toute ta vie à causer avec une figurine en plachtique, même chi elle est de collecchion...
Même chi elle représente le roi Baudouin en voyache au Congo, che qui est très rare...
Bon...
Adieu, mon ami.
Adieu.
Non, attends.
Avant de partir, ze veux que tu me promettes une chose...
Tous les 21 juillet, tu pencheras à moi?
Oui

Ah. Alors comme cha, cha va.

Allez, chalut! Tot ziens! Auf wiedersehen

POUR ALLER VOIR SA MAMAN...
JEAN-LOUP N'A PAS COMPTÉ 1,2,3.

IL A RESPIRÉ NORMALEMENT.
ET IL N'A PAS EU PEUR DU PASSAGE PIÉTONS,

QUANT AUX VOITURES NOIRES...
IL NE LES A MÊME PAS VUES...

ENTREE

PLAN

TING!

122

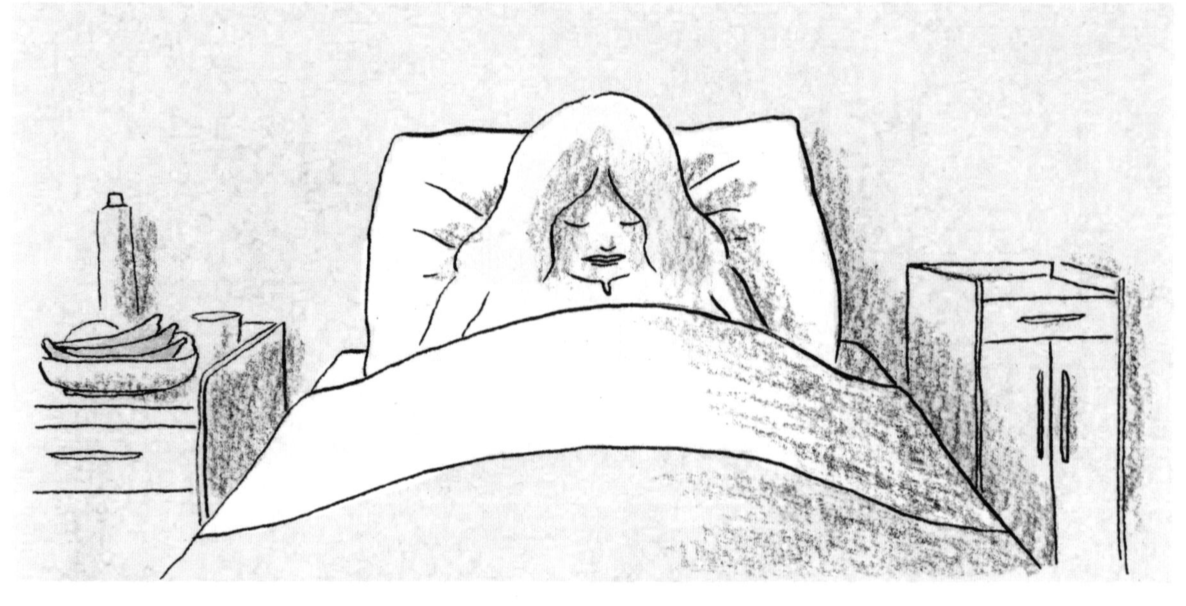

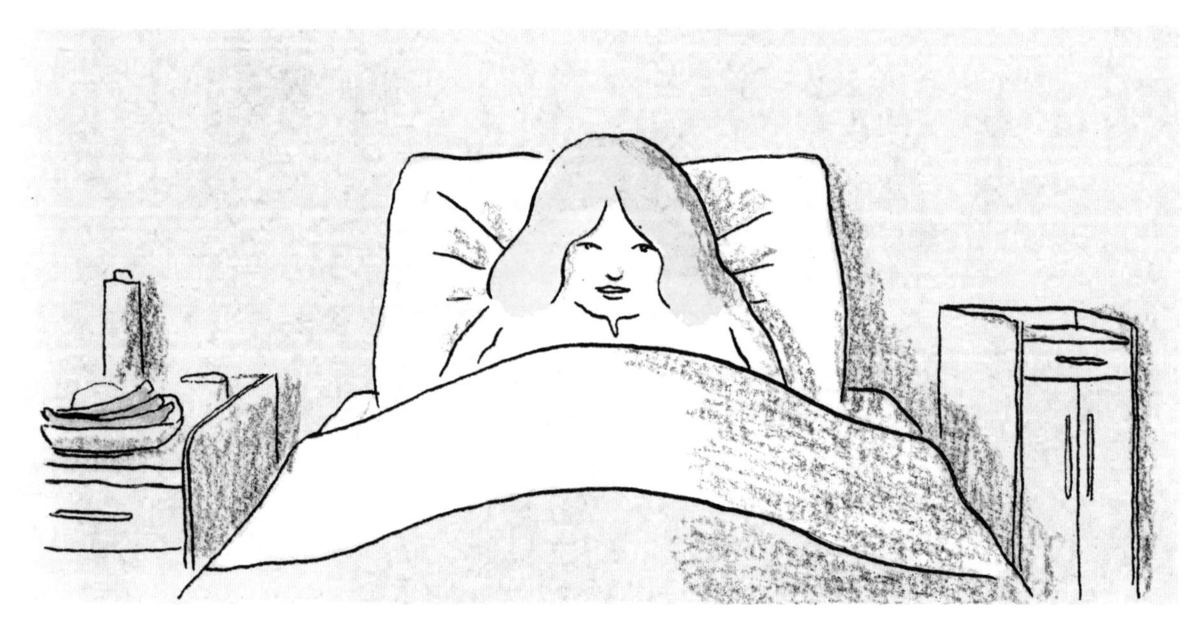

Savais-tu, maman...
HOP!

... que les bananes peuvent changer le cours d'une vie !

Moi, par exemple...

Sans une peau de banane, je ne serais pas là avec toi !

C'est incroyable non ?

Je veux dire...
Je suis là, tu es là.
Et on aurait pu ne pas être là !
HOP!

Parce que les atomes qui nous constituent avant d'être nous, sais-tu qu'ils étaient ailleurs ?
Dans autre chose !

Dans une planète...
Un dinosaure...
Un caillou !

Parce que tu vois maman, les atomes ne meurent jamais...
Ils se recyclent sans cesse...

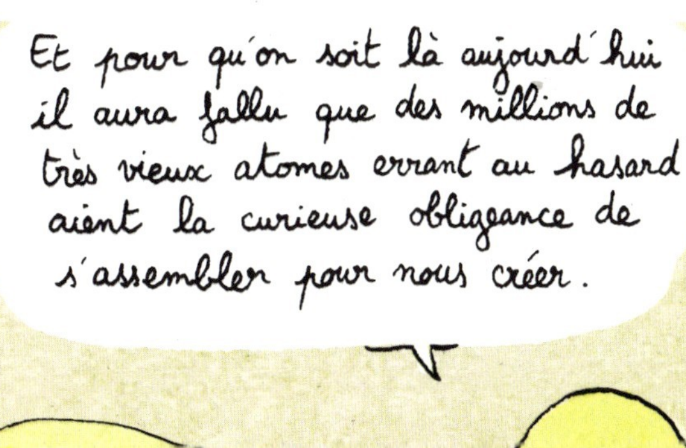
Et pour qu'on soit là aujourd'hui il aura fallu que des millions de très vieux atomes errant au hasard aient la curieuse obligeance de s'assembler pour nous créer.

Mais ce n'est pas tout... Pour qu'on soit là bien vivants, toi et moi, il aura aussi fallu que nous bénéficiions d'une remarquable ligne de chance biologique.

Parce que pour passer de l'état de globule atomique protoplasmique primordial à celui d'être humain, nous avons dû muter sans cesse !

Ainsi nous avons successivement développé des nageoires, de jolies ailes, pondu des œufs, balayé l'air d'une langue fourchue...
CRAAAC!
Nous avons vécu sous terre, dans les arbres, nous avons été minces, couverts de poils, plus gros qu'un cerf et plus petit qu'une fourmi.

Et il aurait suffi d'une infime déviation dans toutes ces évolutions pour que nous ne soyons pas ici, toi et moi, mais qu'on soit... je ne sais pas...

en train de lécher
les parois d'une grotte!

De nous prélasser tels des phoques sur un rivage rocheux...

ou de souffler de l'air par un trou situé au sommet de notre tête avant de plonger 20 mètres sous l'eau.
On est là !
Et on aurait pu ne pas être là...

Toi.
Moi.
Nous tous.
Incroyable, non ?

Cha,
ch'est incroyable !

Dites-moi,
c'est incroyable !

Hé...
Incroyable, 'ti !

Merte alors,
incroyable !

Attends une minute, Jean-Loup, c'est incroyable !

C'est...
Incroyable !

Quelle vérité...
Incroyable !

Mais, mais, mais...
C'est incroyable !

Incroyable.

L'incroyable de l'existence, maman.
Ça c'est la vie.

Le plus incroyable, Jean-Loup, c'est que tu sois venu me voir...
HÔPITAL

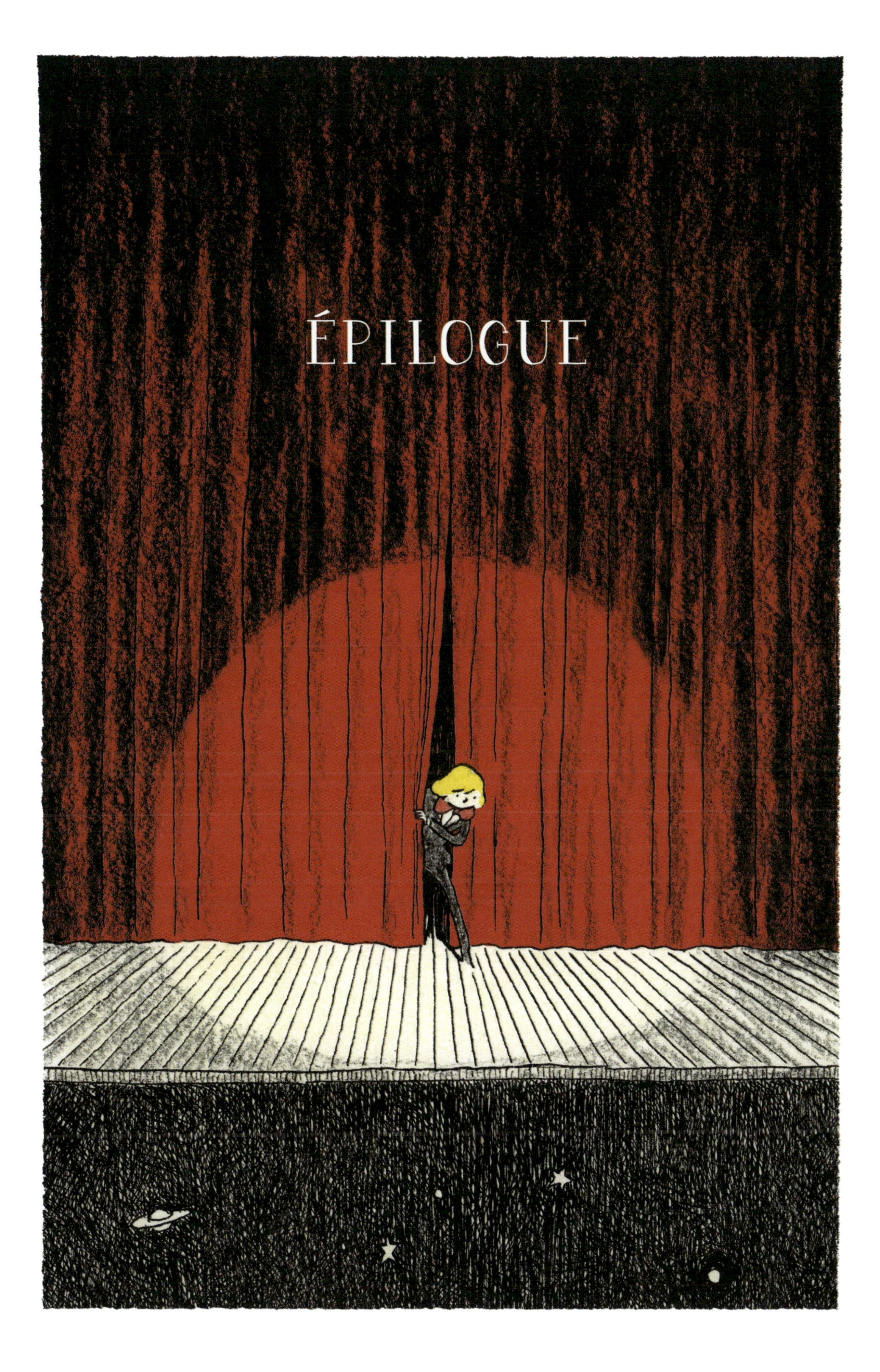
ÉPILOGUE

LE LENDEMAIN, AVEC SON PARRAIN ET MADEMOISELLE OPHÉLIE, JEAN-LOUP S'EST RENDU À BRUXELLES POUR LE CONCOURS NATIONAL DES EXPOSÉS.
ET LÀ, DEVANT LE GRAND JURY, IL N'A PAS PARLÉ DU BIG BANG.

IL A IMPROVISÉ AUTOUR DE L'INCROYABLE DE L'EXISTENCE.
N'est-ce pas, mademoiselle Ophélie ?

ET VOUS SAVEZ QUOI ?
IL A TERMINÉ PREMIER.

INCROYABLE, NON ?
VROOOOMM

FIN.

DES MÊMES AUTEURS
CHEZ DARGAUD

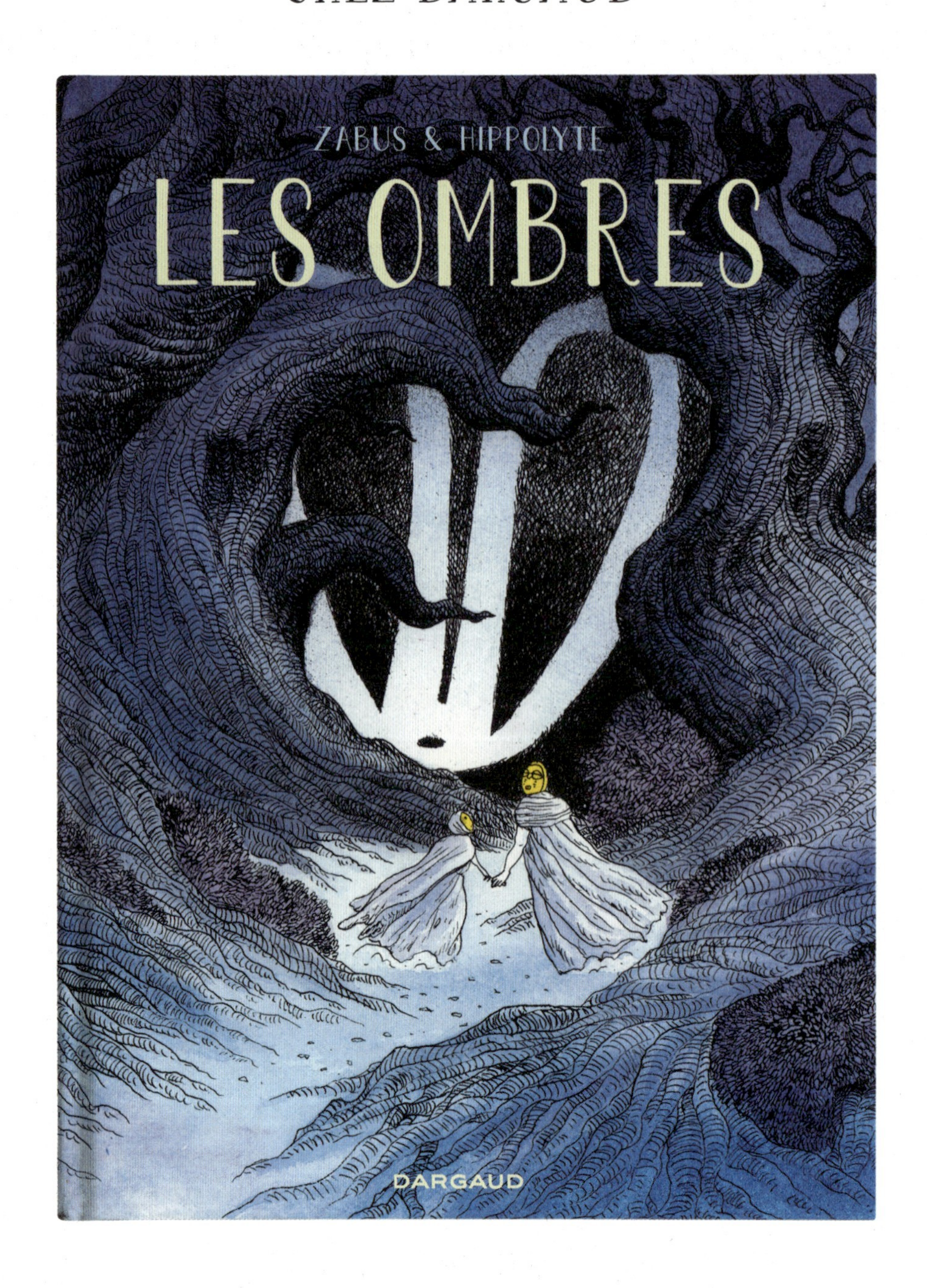

"Le magnifique dessin aquarellé hisse
ce récit au niveau d'un conte épique et cruel"
TÉLÉRAMA

"Un conte moderne, poétique et glaçant, sur les drames de l'exil"
LES INROCKUPTIBLES

"Un cri contre la monstruosité des vies volées
aux portes de la forteresse Europe"
LE SOIR

"Un livre BD fort et poétique"
LIBÉRATION

Merci à Bernard Massuir et à l'équipe du théâtre des Zygomars
pour la version théâtrale, à François Le Bescond et à l'équipe Dargaud,
et à Hippolyte qui a réinventé son style pour servir ce récit.
Vincent

À nos doutes qui nous accompagnent depuis l'origine du monde,
à mon Jean-Loup qui me rassure chaque jour sur le sens à donner à celui-ci.
Hippolyte

Ce livre a reçu une aide à la création BD du service des lettres de la Fédération
Wallonie-Bruxelles (Belgique).

Ce livre est librement inspiré de la pièce de théâtre *Incroyable !* de Vincent Zabus
et Bernard Massuir.

Les citations scientifiques sont extraites ou inspirées
d'*Une histoire de tout, ou presque* de Bill Bryson, ed. Payot.

Dépôt légal : avril 2020 • ISBN 978-2205-07965-4 • Imprimé et relié en janvier 2021
par PPO Graphic, 10, rue de la Croix-Martre, 91120 Palaiseau, France

Jean
Loup